Test de comprensión lectora del idioma chino.
Nivel principiante.

華語文閱讀測驗

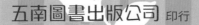

初級篇
Nivel principiante

西班牙語版
(Versión: español)

Fácil de aprender chino

Cristina Yang 楊琇惠 著 Autora
Andrea Wu 吳琇靈 譯 Traductora

五南圖書出版公司 印行

序

感謝北科大教學卓越計畫的支持，讓本團隊得以無後顧之憂，專心且持續地耕耘於華語教材這塊園地。

從第一本華語書的撰寫迄今，本團隊已於五南圖書出版了多本不同等級的華語教材，然而一直沒能研發驗收學生學習成果的測驗書籍，對此，本團隊深以為憾。是以為了使這個園地更加完整、更加完善，這回我們著手進行了華語閱讀測驗的編撰。

依程度的高低及需求的不同，我們擬計畫出版三本閱讀測驗，現在這本是專為學習華語一年左右的初級生所設計的，日後會再陸續出版中級及高級的閱讀測驗讀本。

在編書上，本團隊一向秉持著實用、活潑、創新的宗旨，如是的理念在此閱讀測驗本中亦處處可見。首先，就內容而言，本書依學生在日常生活上可能遇到的實際情況，而將課文分成表單、對話、短文三類，試圖以多元的形式來增進學生的閱讀能力，例如，就表格而言，書中就出現了租屋廣告、學校通知單、餐廳價目表……等等，篇篇精彩、篇篇實用。再者，就編排而言，本書乃是以課文、問題及生詞的順序來排版；所以會將生詞置於最後，乃是為了能讓學生進行自我測驗之用。其實，本書除了能讓學生獨自閱獨並測驗外，還可以作為老師上課的教材，亦即老師可以一課一課地依照單元來進行教學；教學後，再以後面的問題來測驗學生對課文的理解。是以本書雖名為「閱讀測驗」，實則使用者可以依其所需，進行教學或學習上的變化。

最後，本書的編撰要感謝吟屏及禹宣兩位助理的協助，因為書中每一篇精彩、生動的文章，都是來自於她們源源不斷的新點子及

創意，因此可以說沒有她們，便沒有這本書的誕生。然而，由於初次編寫測驗類書，經驗不足，難免有不周之處，還請各界大老不吝斧正，多多指教。

楊琇惠

北科大文化事業發展系
民國100年12月17日

Introducción

Agradezco el apoyo brindado por la Universidad Tecnológica de Taipei y su Plan de Educación Sobresaliente, el cual nos ha otorgado un ambiente libre de preocupaciones apto para elaborar materiales didácticos del idioma chino para extranjeros.

Desde el primer libro de chino para extranjeros publicado hasta el momento, nuestro equipo ya ha presentado a través de la editorial Wu-Nan varios textos de distintos niveles, sin embargo no había elaborado aún ningún libro de pruebas.

Con el propósito de mejorar nuestras publicaciones y hacerlas más completas, hemos iniciado el desarrollo del libro de test sobre la comprensión lectora.

De acuerdo con los diferentes niveles y necesidades, planeamos publicar tres libros de test sobre la comprensión lectora.

Éste ha sido diseñado para aquellos quienes han aprendido chino durante el lapso de un año. Posteriormente se publicarán los libros correspondientes a los tests de comprensión lectora de los niveles intermedio y avanzado.

Nuestro equipo siempre ha tenido como metas la practicidad y la creatividad, lo que es posible hallar en este libro que presentamos.

Con respecto al contenido, se lo ha concebido según

las posibles situaciones presentadas en la vida cotidiana. Consta de tres partes: formularios, diálogos y textos cortos. Las cartas o formularios, como por ejemplo el anuncio de alquiler, el aviso del colegio, la lista de precios de un restaurante, entre otros. La intención es llegar a los alumnos con temas variados de la vida cotidiana y, mediante eso, mejorar la habilidad en la comprensión lectora del estudiante. El contenido de todas las lecciones se presenta en el siguiente orden: texto, preguntas y vocablos. Los vocablos figuran al final de cada lección con la intención de que el alumno pueda realizar un auto-test.

Este libro no se usa solamente para la preparación de los éxamenes, sino también para el autoaprendizaje de los alumnos. Constituye además un material didáctico para los docentes.

Para concluir, quiero agradecer a las asistentes Yin Ping y Yu Xuan, pues los textos ofrecidos en la obra son frutos de sus ideas y creatividad. Sin ellas, no habría podido gestarse este libro.

Debido a que esta obra representa la primera edición, se advierten algunas limitaciones. Espero su comprensión.

Cristina Yang

Universidad Tecnológica de Taipei

17 de diciembre de 2011

CONTENTS

目錄

CONTENTS

目錄

CONTENTS 目錄

CONTENTS 目錄

單元一 表單

一. 通 知
tōngzhī

(一) 兩則通知
liǎngzé tōngzhī

(A)

2011/4/18

通 知
tōngzhī

4/25(一) 開 始
　　　　　kāishǐ

「初 級 英 文 課」在C301
chūjí 　yīngwénkè 　zài

教 室 上 課。
jiàoshì 　shàngkè

英 文 系 　辦 公 室
yīngwénxì 　bàngōngshì

(B)

2011/4/20

通　知
tōngzhī

王　小英　老師 今天 感冒，
Wáng　Xiǎoyīng　lǎoshī　jīntiān　gǎnmào

下午 「中文 課」 停課 一次，
xiàwǔ　　zhōngwénkè　　tíngkè　yícì

請 同學 互相　轉告。
qǐng　tóngxué　hùxiāng　　zhuǎngào

中文系　　辦公室
zhōngwénxì　　bàngōngshì

㈡問題
wèn tí

_____ 1. 學生4/18的時候最可能會在哪裡看到(A)這則通知？
(A) 校長的辦公室
(B) C301教室
(C) 初級英文課的教室
(D) 學校門口

_____ 2. 如果學生想要知道「為什麼在C301教室上課」，可以去哪裡問？
(A) 英文系的辦公室
(B) C301教室
(C) 中文系的辦公室
(D) 初級英文課的教室

_____ 3. 通知(B)想要告訴學生的是什麼？

    (A) 告訴學生「今天的日期」

    (B) 告訴學生「要上什麼課」

    (C) 告訴學生「今天不用上課」

    (D) 告訴學生「王老師做了什麼事情」

_____ 4. 通知(B)希望學生做什麼事情？

    (A) 請學生上別的老師的中文課

    (B) 告訴王小英老師今天不用上課

    (C) 告訴看到通知的同學王小英老師感冒了

    (D) 告訴沒看到通知的同學今天不用上中文課

_____ 5. 下面哪一個正確？

    (A) 4/25的初級英文課不用上課

    (B) 4/18的初級英文課在C301教室上課

    (C) 4/20以後學生不用上中文課

    (D) 4/20那一天王小英老師不能上課

(三) 生 詞
shēngcí

	生詞	漢語拼音	文意解釋
1	通知	tōngzhī	notificar, informar, avisar
2	則	zé	clasificador de artículos cortos, como noticias, chistes, etc...
3	初級	chūjí	nivel básico
4	英文系	yīngwénxì	carrera de inglés
5	停課	tíngkè	suspensión de clase
6	互相	hùxiāng	mutuo, uno al otro
7	轉告	zhuǎngào	transmitir un mensaje
8	中文系	zhōngwénxì	carrera de chino

二. 出租房子
chūzū fángzi

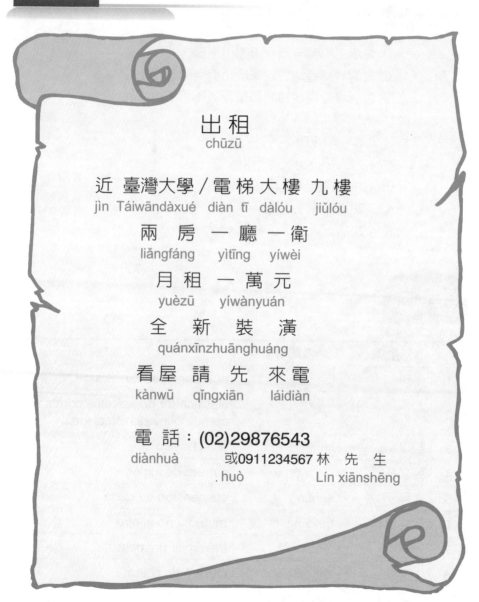

出租
chūzū

近 臺灣大學／電梯大樓 九樓
jìn Táiwāndàxué diàn tī dàlóu jiǔlóu

兩 房 一 廳 一 衛
liǎngfáng yìtīng yíwèi

月 租 一 萬 元
yuèzū yíwànyuán

全 新 裝 潢
quánxīnzhuānghuáng

看屋 請 先 來電
kànwū qǐngxiān láidiàn

電 話：(02)29876543
diànhuà 或0911234567林 先 生
. huò Lín xiānshēng

(二)問題
wèn tí

_____ 1. 誰想出租房子？

    (A) 林先生

    (B) 李太太

    (C) 王老師

    (D) 陳同學

_____ 2. 如果有人想租一年的房子，要給多少錢？

    (A) 10,000

    (B) 60,000

    (C) 100,000

    (D) 120,000

_____ 3. 這間房子的附近有什麼？

    (A) 學校

    (B) 公園

    (C) 公車站

    (D) 郵局

_____ 4. 下面哪一個正確？

    (A) 屋子的裝潢是舊的

    (B) 要看屋只能爬樓梯上樓

    (C) 兩支電話都可以找到林先生

    (D) 屋子只能租一個月

_____ 5. 如果有人想要看屋，他必須先做什麼？

    (A) 打電話給林先生

    (B) 寫e-mail給林先生

    (C) 幫林先生裝潢屋子

    (D) 直接去電梯大樓找林先生

(三) 生 詞
shēngcí

	生詞	漢語拼音	文意解釋
1	租	zū	alquilar
2	電梯	diàntī	elevador, ascensor
3	廳	tīng	sala de estar
4	衛	wèi	baño
5	月租	yuèzū	alquiler mensual
6	全新裝潢	quánxīnzhuānghuáng	decoración nueva
7	來電	láidiàn	llamada entrante, telegrama entrante

三．商 店 徵 人
shāngdiàn zhēng rén

【Oh Yeah　商 店】
shāng diàn

徵
zhēng

早 晚 班　工 作 人 員
zǎowǎnbān　　gōngzuòrényuán

有 經 驗　尤 佳
yǒujīngyàn　　yóujiā

男 女 皆 可　年 齡：20～35
nánnǚjiēkě　　niánlíng

活 潑・熱 情・負 責
huópō　　rèqíng　　fùzé

★早 班 9：00～15：30　★晚 班 15：30～22：00
zǎobān　　　　　　　　　wǎnbān

有 意 者 請 E-mail 履 歷 至：iwantyou@coldmail.com
yǒuyìzhě qǐng　　　　lǚlì zhì

或 來 電： (02)1234-5678 洽 林 先 生
huò láidiàn　　　　　　　　qià　Lín xiānshēng

_____ 1. 下面哪個人可以應徵這份工作？
　　(A) 林小姐，25歲
　　(B) 王先生，38歲
　　(C) 陳先生，42歲
　　(D) 劉小姐，16歲

_____ 2. 如果你每天下午三點下課，想做這個工作，什麼時候可以？
　　(A) 晚班
　　(B) 早班
　　(C) 都可以
　　(D) 都不行

_____ 3. 下面哪個人不是這間店想要找的人？
　　(A) 喜歡和人說話的小強
　　(B) 準時完成工作的劉先生
　　(C) 不愛說話的美美
　　(D) 愛關心別人的林小姐

_____ 4. 「有經驗尤佳」這句話，你覺得是什麼意思？
　　(A) 有沒有一樣的工作經驗並沒有關係
　　(B) 以前如果有一樣的工作經驗，比較容易得到這份工作
　　(C) 以前沒有一樣的工作經驗，比較容易得到這份工作
　　(D) 得到這份工作，可以學習到很多的經驗

_____ 5. 以下哪一個是「履歷」中最不可能出現的？
　　(A) 電話
　　(B) 以前做過的工作
　　(C) 照片
　　(D) 喜歡吃的東西

(三) 生 詞
shēngcí

	生詞	漢語拼音	文意解釋
1	徵	zhēng	contratar
2	經驗	jīngyàn	experiencia
3	尤佳	yóujiā	de preferencia, mejor
4	活潑	huópō	vivaz, animado
5	熱情	rèqíng	entusiasmado, de buen corazón
6	負責	fùzé	responsable
7	來電	láidiàn	llamada entrante, telegrama entrante
8	有意者	yǒuyìzhě	interesado
9	履歷	lǚlì	currículum vitae, historial
10	至	zhì	llegar, alcanzar
11	洽	qià	contactar con

四.標語
biāoyǔ

A

請 隨 手 關 燈
qǐng suíshǒu guāndēng

1. 圖A上面這幾個字的意思是？

(A) 請不要開燈

(B) 請記得開燈

(C) 請不要關燈

(D) 請記得關燈

B

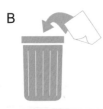

請 留下 您 的 足跡，不 要 留 下 垃圾
qǐng liúxià nín de zújī búyào liúxià lèsè

2. 你做什麼事情的時候可能會看到圖B？

(A) 上課

(B) 吃飯

(C) 爬山

(D) 倒垃圾

C

室 內 與 公 共 場 所 禁 止 抽 菸
shìnèi yǔ gōnggòngchǎngsuǒ jìnzhǐ chōuyān

_____ 3. 圖C 不可以在哪裡抽菸？

　　(A) 教室

　　(B) 公園

　　(C) 餐廳

　　(D) 以上皆是

D

保 護 環 境 ， 人 人 有 責
bǎohù huánjìng rénrén yǒuzé

_____ 4. 圖D 這幾個字希望大家做什麼事情？

　　(A) 天天開冷氣

　　(B) 不要關燈

　　(C) 不要隨便留下垃圾

　　(D) 帶走公園裡的花

E

水 深 危 險 ， 禁 止 游 泳
shuǐshēnwéixiǎn jìnzhǐ yóuyǒng

_____ 5. 圖E 這張圖告訴你什麼事情？

　　(A) 在這裡游泳很危險，不可以在這裡游泳

　　(B) 在這裡可以游泳

　　(C) 這裡沒有水，所以不能游泳

　　(D) 在這裡只能游泳，不可以做其他事情

(二) 生 詞
shēngcí

	生詞	漢語拼音	文意解釋
1	標語	biāoyǔ	cartel, lema
2	隨手	suíshǒu	hacer algo sin ningún esfuerzo adicional
3	足跡	zújī	huella
4	垃圾	lèsè	basura
5	室內	shìnèi	interior (de la casa)
6	公共場所	gōnggòngchǎngsuǒ	área pública
7	禁止	jìnzhǐ	prohibido, prohibir
8	抽菸	chōuyān	fumar
9	保護環境人人有責	bǎohùhuánjìng rénrényǒuzé	proteger el medio ambiente es la responsabilidad de todos
10	水深危險	shuǐshēnwéixiǎn	Peligro, agua profunda.

五. 書店
shūdiàn

(一) 廣 告
guǎnggào

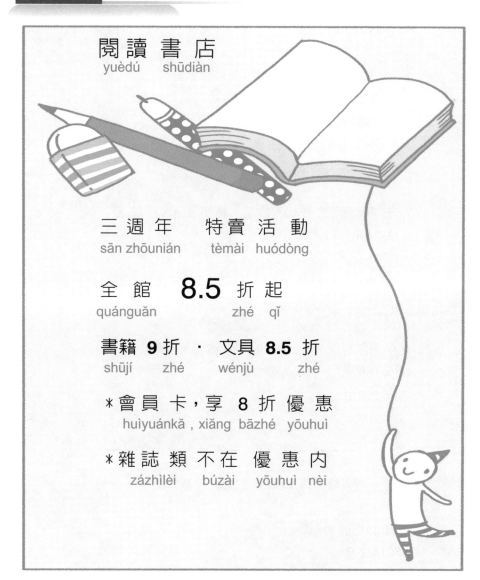

閱 讀 書 店
yuèdú shūdiàn

三 週 年　特 賣 活 動
sān zhōunián tèmài huódòng

全 館 8.5 折 起
quánguǎn zhé qǐ

書籍 9 折 · 文具 8.5 折
shūjí zhé wénjù zhé

＊會 員 卡，享 8 折 優 惠
huìyuánkǎ , xiǎng bāzhé yōuhuì

＊雜 誌 類 不 在 優 惠 內
zázhìlèi búzài yōuhuì nèi

(二)問題
wèntí

_____ 1. 這是一間賣什麼東西的店？

　　(A) 麵包

　　(B) 書

　　(C) 食物

　　(D) 衣服

_____ 2. 這間店為什麼要打折？

　　(A) 要關門了

　　(B) 要搬家了

　　(C) 慶祝這間店開了三年

　　(D) 沒有客人想去這家店

_____ 3. 王同學買了一枝40元的筆，請問要給多少錢？

　　(A) 34元

　　(B) 35元

　　(C) 30元

　　(D) 32元

_____ 4. 李先生想買一本200元的汽車雜誌，請問要給多少錢？

　　(A) 180元

　　(B) 170元

　　(C) 200元

　　(D) 175元

_____ 5. 有一個會員，買了500元的東西，請問要給多少錢？

　　(A) 475元

　　(B) 425元

　　(C) 450元

　　(D) 400元

(三)生 詞
shēngcí

	生詞	漢語拼音	文意解釋
1	書店	shūdiàn	librería
2	週年	zhōunián	aniversario
3	特賣活動	tèmài huódòng	promoción especial
4	折	zhé	descuento
5	書籍	shūjí	libros
6	文具	wénjù	artículos escolares o de escritorio
7	會員卡	huìyuánkǎ	tarjeta de socio
8	享	xiǎng	disfrutar
9	雜誌	zázhì	revista
10	優惠	yōuhuì	privilegios, beneficios

六. 高鐵
gāotiě

單 程 票
dānchéngpiào

2011/08/07

車 次/Train 408
chēcì

台北 Taipei
09:54

➡ 台中 Taichung
10:50

標 準 廂
biāozhǔnxiāng

乘 客/PSGR 1
chéngkè

車 廂/car 4
chēxiāng

座 位/seat 13A
zuòwèi

NT 700 現 金
xiànjīn

成 人
chéngrén

11-1-22-0-11-0603

2011/06/01發 行
fāxíng

背面朝上 插入票口

_____ 1. 這張車票的開車日期是？
　　(A) 2011/08/07
　　(B) 2011/06/01
　　(C) 2011/01/22
　　(D) 2011/06/03

_____ 2. 出發的地點是哪裡？
　　(A) 台北
　　(B) 台中
　　(C) 台北或台中都可以
　　(D) 不一定

_____ 3. 這張車票可以使用幾次？
  (A) 1次
  (B) 2次
  (C) 3次
  (D) 不一定

_____ 4. NT2,000元可以買到幾張成人車票？
  (A) 1張
  (B) 2張
  (C) 3張
  (D) 4張

_____ 5. 如果林先生想在下午一點以前到台中，他應該買哪個車次的車票比較好？

	車次	台北開車時間
(A)	151	11:39
(B)	645	12:21
(C)	657	12:45
(D)	701	13:00

(三) 生　詞
shēngcí

	生詞	漢語拼音	文意解釋
1	高鐵	gāotiě	ferrocarril de alta velocidad
2	車票	chēpiào	pasaje, billete
3	單程票	dānchéngpiào	pasaje de ida
4	車次	chēcì	número de tren
5	標準廂	biāozhǔnxiāng	vagón convencional
6	乘客	chéngkè	pasajero
7	車廂	chēxiāng	vagón
8	座位	zuòwèi	asiento
9	現金	xiànjīn	efectivo o dinero en efectivo
10	發行	fāxíng	vendido en

七. 火 鍋 店
huǒguōdiàn

好好吃 吃到飽 火 鍋 店 價目表
hǎohǎochī　chīdàobǎo　huǒguōdiàn　jiàmùbiǎo

平日午餐 píngrì wǔcān	大人 dàrén	299
	兒童 értóng	149
平日晚餐 píngrì wǎncān	大人 dàrén	399
假日 jiàrì	兒童 értóng	199

◎用 餐 時間 90 mins
yòngcān shíjiān

◎兒童：100-140 cm
értóng

免 費：100 cm 以下
miǎnfèi　　　　yǐxià

◎午餐 時間 11：00-16：30
wǔcān shíjiān

晚 餐 時間 16：30-21：00
wǎncān shíjiān

飲料、冰淇淋、 水果
yǐnliào　bīngqílín shuǐguǒ
全部 吃到飽！
quánbù chīdàobǎo
（酒類 除外）
jiǔlèi chúwài

──── 1. 林先生平日下午三點去吃火鍋，請問他要給多少錢？

(A) 299

(B) 399

(C) 329

(D) 439

_____ 2. 晚上八點，林先生帶著五個月大的兒子去吃火鍋，請問一共要
多少錢？
(A) 299
(B) 448
(C) 399
(D) 598

_____ 3. 下面哪一樣東西不是吃到飽？
(A) 可樂
(B) 冰淇淋
(C) 蘋果
(D) 啤酒

_____ 4. 王先生全家從晚上七點開始吃火鍋，他們最晚可以吃到幾點?
(A) 七點半
(B) 八點
(C) 八點半
(D) 九點

_____ 5. 我們不能從價目表知道什麼？
(A) 火鍋店的名字
(B) 火鍋店的地址
(C) 用餐時間
(D) 吃火鍋該給多少錢

(三)生 詞
shēngcí

	生詞	漢語拼音	文意解釋
1	火鍋店	huǒguōdiàn	restaurante de Hot Pot (fondue china)
2	吃到飽	chīdàobǎo	bufé
3	價目表	jiàmùbiǎo	lista de precios
4	平日	píngrì	días ordinarios, días hábiles
5	大人	dàrén	adulto
6	兒童	értóng	niño/a, criatura
7	假日	jiàrì	feriado
8	用餐時間	yòngcānshíjiān	hora de comer
9	以下	yǐxià	debajo de, siguiente
10	免費	miǎnfèi	gratis
11	酒類	jiǔlèi	bebidas alcohólicas
12	除外	chúwài	excepto

八. 學生 生 活備忘錄
xuéshēng　shēnghuó　bèiwànglù

4/18（三）　　備忘錄
bèiwànglù

9：00　　中文課考試
zhōngwén kè kǎoshì

11：30　　聚餐
jùcān

18：30　　參加運動比賽
cānjiā yùndòng bǐsài

★小王約中午看電影，回電拒絕！
Xiǎowáng yuē zhōngwǔ kàndiànyǐng, huídiàn jùjué

★買牛奶
mǎi niúnǎi

★週末和家人聚餐
zhōumò hàn jiārén jùcān

★寄信
jìxìn

(二)問題
wèntí

———— 1. 今天是4月18日，請問週末可能是哪一天？
  (A) 4月23日
  (B) 4月20日
  (C) 4月21日
  (D) 4月19日

———— 2. 「備忘錄」最不可能有什麼東西？
  (A) 和朋友聊天的東西
  (B) 重要的事
  (C) 不能忘記的事
  (D) 容易弄錯的事

———— 3. 這個人今天不會去什麼地方？
  (A) 學校
  (B) 郵局
  (C) 電影院
  (D) 超市

———— 4. 這個人要去的比賽不會是下面哪一個？
  (A) 滑雪
  (B) 游泳
  (C) 籃球
  (D) 畫畫

———— 5. 你覺得「回電」是什麼意思？
  (A) 寫電子郵件
  (B) 打電話
  (C) 當面說話
  (D) 請別人告訴他

㈢生 詞
shēngcí

	生詞	漢語拼音	文意解釋
1	備忘錄	bèiwànglù	memorándum
2	中文課	zhōngwén kè	clase de chino
3	考試	kǎoshì	examen, prueba
4	聚餐	jùcān	comida formal de un grupo
5	參加	cānjiā	participar
6	比賽	bǐsài	competencia, competir, partido
7	看電影	kàn diànyǐng	ver película
8	回電	huídiàn	retornar la llamada
9	拒絕	jùjué	rechazar
10	買	mǎi	comprar
11	牛奶	niúnǎi	leche
12	週末	zhōumò	fin de semana
13	寄信	jìxìn	enviar carta

九. 好美味餐廳
hǎoměiwèi cāntīng

(一) 餐廳 名片
cān tīng míngpiàn

好美味餐廳
hǎoměiwèi cāntīng

地址：台北市大安路123號
dìzhǐ : Táiběishì dàānlù hào

電話：(02)1234-5678
diànhuà

時間：中午12：00～晚上10：00
shíjiān : zhōngwǔ wǎnshàng

（每週一休息）
měizhōuyī xiūxí

★三個主餐 以上可外送
sānge zhǔcān yǐshàng kě wàisòng

〈預約 請於早上10：00～下午5：00來電，
yùyuē qǐngyú zǎoshàng xiàwǔ láidiàn,

座位 保留10分鐘〉
zuòwèi bǎoliú fēnzhōng

菜單
càidān

主餐　　　　　　　飲料
zhǔcān　　　　　　yǐnliào

漢堡‥75
hànbǎo

牛肉麵‥80
niúròumiàn

薯條‥50
shǔtiáo

炸雞‥70
zhájī

果汁‥35
guǒzhī

紅茶‥35
hóngchá

咖啡‥35
kāfēi

㈡問題
wèntí

_____ 1. 如果想預約這家餐廳，什麼時候打電話比較好？
   (A) AM 9：00
   (B) PM 1：00
   (C) PM 6：00
   (D) PM 8：00

_____ 2. 預約的時間是下午三點十五分，下列哪個時間到餐廳，座位就不保留了？
   (A) PM 3：15
   (B) PM 3：18
   (C) PM 3：20
   (D) PM 3：30

_____ 3. 如果今天是3月18日（星期五），什麼時候這家餐廳休息？
   (A) 3月28日
   (B) 3月20日
   (C) 3月23日
   (D) 3月25日

_____ 4. 已經點了一個漢堡和一個炸雞，如果想請餐廳幫你送來，還可以再點什麼？
   (A) 紅茶
   (B) 果汁
   (C) 牛肉麵
   (D) 咖啡

_____ 5. 一份薯條、一份牛肉麵和兩杯果汁，需要多少錢？
   (A) 185元
   (B) 200元
   (C) 205元
   (D) 220元

(三) 生 詞
shēngcí

	生詞	漢語拼音	文意解釋
1	名片	míngpiàn	tarjeta personal
2	餐廳	cāntīng	restaurante
3	預約	yùyuē	marcar previamente una cita
4	外送	wàisòng	entrega a domicilio
5	休息	xiūxí	descanso, cerrado
6	以上	yǐshàng	más de
7	座位	zuòwèi	asiento
8	保留	bǎoliú	reservar, retener
9	菜單	càidān	menú
10	主餐	zhǔcān	plato principal
11	飲料	yǐnliào	bebida
12	漢堡	hànbǎo	hamburguesa
13	炸雞	zhájī	pollo frito
14	薯條	shǔtiáo	papas fritas, patatas fritas
15	牛肉麵	niúròumiàn	fideo con caldo de carne
16	果汁	guǒzhī	jugo, zumo

十.火車
huǒchē

(一)時刻表
shíkèbiǎo

火車時刻表
huǒchē shíkèbiǎo

台北 → 高雄 發車 時間 （預計 車 程 3小時 30分 鐘）					
Táiběi Gāoxióng fāchē shíjiān yùjì chēchéng xiǎoshí fēnzhōng					
9:00	12:45	15:00	17:15	＊19:30	21:45
10:30	13:30	15:45	＊18:00	20:15	22:30
12:00	14:15	16:30	＊18:45	21:00	23:15

注 意 事 項
zhùyì　shìxiàng

全 票　　300 元 quánpiào　　　　yuán	1.「＊」尖 峰 時刻，加開 班次。 　jiānfēng shíkè　jiākāi bāncì
學 生 票　　200 元 xuéshēng piào　　yuán	2.兒童140cm 以下 半票。 　értóng　　　yǐxià bànpiào
半 票　　150 元 bànpiào　　　　yuán	
軍 警 票　　250 元 jūnjǐng piào　　yuán	

(二)問題
wèntí

_____ 1. 你可能會在哪裡看到這個時刻表？

　　(A) 學校

　　(B) 醫院

　　(C) 車站

　　(D) 公園

————— 2. 林先生想在晚上六點前到高雄，他最晚可以坐幾點的車？

(A) 15：45

(B) 13：30

(C) 15：00

(D) 14：15

————— 3. 王先生是警察，想帶他身高135cm的小孩坐車，請問要多少錢？

(A) 400元

(B) 450元

(C) 350元

(D) 300元

————— 4. 你覺得「尖峰時刻」是什麼時候？

(A) 12：00～15：00

(B) 18：00～20：00

(C) 16：00～18：00

(D) 20：00～22：00

————— 5. 你覺得「加開班次」是什麼意思？

(A) 坐車的人太少，所以可能不會發車

(B) 那個時候坐車比較便宜

(C) 坐車的人太多，所以會多開幾班車

(D) 那個時候坐車要花比較多時間

(三) 生 詞
shēngcí

	生詞	漢語拼音	文意解釋
1	火車	huǒchē	tren
2	時刻表	shíkèbiǎo	horario de tren
3	發車時間	fāchē shíjiān	horario de salida

	生詞	漢語拼音	文意解釋
4	預計	yùjì	estimar, estimado
5	車程	chēchéng	duración de viaje
6	小時	xiǎoshí	hora(s)
7	分鐘	fēnzhōng	minuto(s)
8	注意事項	zhùyì shìxiàng	precauciones
9	全票	quánpiào	billete entero (general)
10	學生票	xuéshēng piào	billete de estudiante
11	半票	bànpiào	medio billete
12	軍警票	jūnjǐng piào	billete para policías y militares
13	尖峰時刻	jiānfēng shíkè	hora pico o de máximo tránsito
14	加開班次	jiākāi bāncì	servicios adicionales
15	兒童	értóng	niño/a, criatura
16	以下	yǐxià	debajo de

單元二　對話

十一．全 家人的 照 片
quánjiārén de zhàopiàn

㈠對 話
duìhuà

書 華：這 是 你 們　全 家人 的 照 片 嗎？
Shūhuá　zhèshì　nǐmen　quánjiārén de　zhàopiàn ma

家 明：不 是，這 張 少 了 我 姊姊。
Jiāmíng　búshì　zhèzhāng　shǎole　wǒ jiějie

書 華：哇！你 的 爸爸　長 得 好 帥 啊！
Shūhuá　wa　nǐ de　bàba　zhǎngde hǎo shuài a

他 的　工 作 是 什麼？
tā de　gōngzuò shì shéme

家 明：他 是 中 文 老 師。
Jiāmíng　tā shì zhōngwén lǎoshī

書 華：你 的 媽媽 呢？
Shūhuá　nǐ de māma ne？

家 明：跟 我 的 爸爸 一 樣 是 老 師，
Jiāmíng　gēn wǒ de　bàba　yíyàng shì lǎoshī

不 過 她 教 英 文。
bú guò tā jiao yīngwén

書 華：這 兩 個 男 孩子 都 是 你 的 哥哥 嗎？
Shūhuá　zhè liǎngge nánháizi dōushì nǐ de gēge ma

家　明：不是，這個是我的哥哥，他在 當 醫生。
Jiāmíng　búshì　zhèige shì wǒ de gēge　tā zài dāng yīshēng.

　　　　那 個是我的弟弟，跟我們一樣是 學生。
　　　　nèige shì wǒ de dìdi　gēn wǒmen yíyàng shì xuéshēng.

書　華：所以你們家一共 有四個 孩子？
Shūhuá　suǒyǐ nǐmenjiā yígòng yǒu sìge háizi？

家　明：對，比你們家 少 一個。
Jiāmíng　duì　bǐ nǐmenjiā shǎo yíge

(二)問題
wèntí

───── 1. 家明說：「這張少了我姊姊。」家明的意思是什麼？
　　　　(A) 家明沒有姊姊。
　　　　(B) 家明的姊姊不在照片裡
　　　　(C) 家明的姊姊照片很少
　　　　(D) 家明的哥哥很多

───── 2. 家明的媽媽是？
　　　　(A) 學生
　　　　(B) 醫生
　　　　(C) 英文老師
　　　　(D) 中文老師

───── 3. 家明是他們家第幾個孩子？
　　　　(A) 第一個
　　　　(B) 第二個
　　　　(C) 第三個
　　　　(D) 第四個

_____ 4. 下面哪一個正確？
　　　　(A) 家明家一共有6個人
　　　　(B) 書華家一共有4個孩子
　　　　(C) 家明有2個哥哥，一個姊姊
　　　　(D) 書華的爸爸教中文

_____ 5. 家明為什麼說「比你們家少一個」？
　　　　(A) 書華家的孩子比較少
　　　　(B) 家明家的孩子比較多
　　　　(C) 書華家一共有3個孩子
　　　　(D) 書華家比家明家多一個孩子

㈢ 生 詞
shēngcí

	生詞	漢語拼音	文意解釋
1	全家人	quánjiārén	familia completa, toda la familia
2	帥	shuài	guapo, lindo
3	不過	búguò	pero
4	當	dāng	trabajar como, empeñar

十二. 在 教室裡
zài jiàoshì lǐ

㈠對話
duìhuà

家 明：子英，今天 早 上 的 數學 考試，
Jiāmíng　Zǐyīng　jīntiān zǎoshàng de shùxué kǎoshì

妳 考了 幾分？
nǐ　kǎole　jǐfēn

子 英：一百分。你 怎麼 會 問 我 這個 問題？
Zǐyīng　yìbǎifēn　nǐ zěnme huì wèn wǒ zhèige wèntí

家 明：一百分！好 屬害 啊！我 的 分數 是 妳 的
Jiāmíng　yìbǎifēn　hǎo lìhài a　wǒ de fēnshù shì nǐ de

一半……
yíbàn

子 英：你 如果 有 不懂 的 地方，我 可以 教 你。
Zǐyīng　nǐ rúguǒ yǒu bùdǒng de dìfāng　wǒ kěyǐ jiāo nǐ

只要 你 好好 努力，一個 星期 後 的 考試，
zhǐyào nǐ hǎohǎo nǔlì　yíge xīngqí hòu de kǎoshì

你 一定 會 進步 的！
nǐ yídìng huì jìnbù de

家 明：謝謝妳！對了，子英，妳 明天 晚 上
Jiāmíng　xièxienǐ duìle　Zǐyīng　nǐ míngtiān wǎnshàng

有 空 嗎？
yǒukòng ma

子　英：明　天？你是說　星期五　晚　上　……
Zǐyīng　　míngtiān　nǐ shì shuō　xīngqíwǔ　wǎnshàng

林老師：家　明！現　在　是　　上　課　時　間。請　你看
Línlǎoshī　Jiāmíng　xiànzài　shì　　shàngkè　shí jiān　qǐng nǐ kàn

　　　　黑　板，不要　聊　天。
　　　　hēibǎn　búyào　liáotiān

家　　明：老師，我們　沒有　聊天，我只是　想問
Jiāmíng　　lǎoshī　wǒmen　méiyǒu　liáotiān　wǒ zhǐshì xiǎng wèn

　　　　子英　一個　問題。
　　　　zǐyīng　yíge　wèntí

林老師：你如果有　問題，應該問我，不　是　問
Línlǎoshī　nǐ rúguǒ yǒu　wèntí　yīnggāi wèn wǒ　bú shì wèn

　　　　同　學。
　　　　tóngxué

家　　明：好吧！林老師，妳星期五　晚　上　願意跟
Jiāmíng　hǎo ba　Línlǎoshī　nǐ　xīngqíwǔ wǎnshàng yuànyì gēn

　　　　我　約　會嗎？
　　　　wǒ yuēhuì ma

(二)問題
wèntí

———— 1. 家明今天早上的數學考了幾分？

(A) 0分

(B) 25分

(C) 50分

(D) 99分

———— 2. 下個星期幾有數學考試？
    (A) 星期二
    (B) 星期三
    (C) 星期四
    (D) 星期五

———— 3. 家明和子英在哪裡聊天？
    (A) 圖書館
    (B) 餐廳
    (C) 公園
    (D) 教室

———— 4. 家明為什麼會說「對了」？
    (A) 家明覺得子英說的話是對的
    (B) 家明想要問子英別的事情
    (C) 家明覺得子英說的話是錯的
    (D) 沒有特別的意思

———— 5. 請選出對的。
    (A) 子英願意教家明數學
    (B) 家明禮拜五晚上要跟林老師約會
    (C) 子英的數學成績不好
    (D) 子英和家明沒有在上課的時候聊天

(三) 生 詞
shēngcí

	生詞	漢語拼音	文意解釋
1	數學	shùxué	matemáticas
2	厲害	lìhài	poderoso, excelente
3	分數	fēnshù	marca, calificación, puntaje
4	只要	zhǐyào	una vez que, siempre que
5	對了	duìle	por cierto
6	只是	zhǐshì	solamente
7	約會	yuēhuì	cita

十三. 在 餐廳 裡
zài cāntīng lǐ

㈠ 對 話
duìhuà

服 務 生：有 什麼 可以 爲 您 服務 的 嗎？
fúwù shēng　yǒu shéme kěyǐ wèi nín fúwù de ma

王 先 生： 你們 的 東西 怎麼 這麼 難吃！
Wáng xiānshēng　nǐmen de dōngxi zěnme zhème nánchī

爲了 這頓 午飯，我 等了 這麼 久
wèile zhè dùn wǔfàn　wǒ děngle zhème jiǔ

的 時間，眞 是 不 值得。
de shíjiān　zhēnshì bù zhídé

服 務 生：不 會 吧！很 多 客人 對 我們 的 評價
fúwù shēng　búhuì ba　hěnduō kèrén duì wǒmen de píngjià

一向 都 很好 的。
yí xiàng dōu hěnhǎo de

王 先 生： 你 看！我 點 的 是 全熟，這 塊 肉
Wáng xiānshēng　nǐ kàn　wǒ diǎn de shì quánshóu zhè kuài ròu

都 沒 熟，湯 喝起來 也 太 鹹 了，
dōu méi shóu tāng　hēqǐlái yě tài xián le

而且 你們 上 菜 的 速度 太 慢，我 眞
érqiě nǐmen shàngcài de sùdù tài màn　wǒ zhēn

的 吃不下去。你 去 叫 你們 的 老 闆
de chībúxià qù　nǐ qù jiào nǐmen de lǎobǎn

出來，這件事情一定要　說清
chūlái　zhèjiàn shìqíng yídìng yào shuōqīng

楚。
chǔ

服務生：對不起！我們的老闆不在，他去
fúwù shēng　duìbùqǐ　wǒmen de lǎobǎn bú zài　tā qù

對面的餐廳吃飯了。
duì miàn de cāntīng chīfàn le

(二)問題
wèntí

_____ 1. 請問對話發生的地方在哪裡？

　　　(A) 公園

　　　(B) 商店

　　　(C) 學校

　　　(D) 餐廳

_____ 2. 請問對話發生的時間可能是什麼時候？

　　　(A) AM 8：00

　　　(B) PM 12：30

　　　(C) PM 3：00

　　　(D) PM 6：00

_____ 3. 王先生很生氣，因為他覺得？

　　　(A) 這間店的東西不好吃

　　　(B) 這間店太小了

　　　(C) 這間店太髒了

　　　(D) 這間店太貴了

_____ 4. 服務生覺得？

　　　(A) 很多客人都不喜歡這間店的東西

　　　(B) 這間店的東西不好吃

　　　(C) 很多客人都喜歡這間店的東西

　　　(D) 老闆也喜歡這間店的東西

_____ 5. 下面哪一個是對的？

　　　(A) 老闆正在忙，所以不能出來

　　　(B) 這間店的客人很少

　　　(C) 老闆去另外一間店吃飯了

　　　(D) 很多客人也覺得這家店的東西不好吃

(三)生 詞
shēngcí

	生詞	漢語拼音	文意解釋
1	服務	fúwù	servir, servicio
2	不值得	bù zhídé	no valer la pena
3	評價	píngjià	evaluar, estimar
4	一向	yíxiàng	generalmente
5	熟	shóu	cocido
6	湯	tāng	sopa
7	鹹	xián	salado
8	上菜	shàngcài	servir la comida
9	速度	sùdù	velocidad
10	老闆	lǎobǎn	dueño, patrón, propietario
11	對面	duìmiàn	lado opuesto
12	餐廳	cāntīng	restaurante

十四. 司機 和 乘 客
sījī　hàn chéngkè

㈠對 話
duìhuà

乘　客：司機，麻煩你，我 要 到 臺灣 大學。
chéngkè　sījī　máfán nǐ　wǒ yào dào　Táiwāndàxué

司　　機：好，沒問題。你要去 臺灣大學 上課 嗎？
sījī　hǎo　méiwèntí　nǐ yào qù Táiwāndàxué shàngkè ma

乘　客：對，我 要 去 上　英文課。
chéngkè　duì　wǒ yào　qù shàng　yīngwénkè

司　　機：你 今天 要　上 幾個 小 時 的 課？
sījī　nǐ jīntiān yào shàng jǐge　xiǎoshí de kè

乘　客：我 今天 有 四個 小 時 的 課。
chéngkè　wǒ jīntiān yǒu sìge　xiǎoshí de kè

　　　　從 早 上　八點 開 始 一直 到　中 午。
cóng zǎoshàng　bādiǎn kāishǐ yìzhí dào　zhōngwǔ

司　　機：你 已經 遲到 一個小時 了，老師 不會 罵 你 嗎？
sījī　nǐ yǐjīng chídào yíge xiǎoshí le　lǎoshī búhuì mà nǐ ma

乘　客：應 該 不會 啦。
chéngkè　yīnggāi búhuì la

司　　機：爲什麼 你 這麼 肯定？
sījī　wèishéme nǐ zhème kěndìng

乘　客：因爲 我 就 是 老師。
chéngkè　yīnwèi wǒ jiùshì lǎoshī

(二) 問題
wèntí

_____ 1. 上面的對話可能會發生在什麼地方？
(A) 計程車
(B) 火車
(C) 飛機
(D) 捷運

_____ 2. 乘客今天應該是幾點下課？
(A) AM 8：00
(B) AM 9：00
(C) PM 12：00
(D) PM 1：00

_____ 3. 司機本來以為乘客是？
(A) 老師
(B) 學生
(C) 校長
(D) 警察

_____ 4. 司機和乘客說話的時候，可能是幾點？
(A) AM 7：00
(B) AM 8：00
(C) AM 9：00
(D) AM 10：00

_____ 5. 乘客的工作應該是？
(A) 校長
(B) 中文老師
(C) 大學生
(D) 英文老師

(三) 生 詞
shēngcí

	生詞	漢語拼音	文意解釋
1	司機	sījī	chofer
2	乘客	chéngkè	pasajero
3	罵	mà	regañar, reñir
4	肯定	kěndìng	estar seguro, confirmar

十五．電話留言
dìanhùa liúyán

(一)對話
duìhuà

家　明：喂，你好。請問 小同 在 嗎？
Jiāmíng　wéi　nǐhǎo　qǐngwèn Xiǎotóng zài ma

大　同：小同 現在 不 在家，請 問 你是 哪位？
Dàtóng　Xiǎotóng xiànzài bú zàijiā　qǐngwèn nǐ shì nǎiwèi

家　明：我 是 他 的 同學，請 問 你 是？
Jiāmíng　wǒ shì tā de tóngxué　qǐngwèn nǐ shì

大　同：我 是 小同 的 哥哥，小同 去 運 動 了。
Dàtóng　wǒ shì Xiǎotóng de gēge　Xiǎotóng qù yùndòng le

　　　　如果 有 什麼 事，我 可以 幫 你 留言 給 他。
　　　　rúguǒ yǒu shéme shì　wǒ kěyǐ bāng nǐ liúyán gěi tā

家　明：太好了，麻煩 你 幫 我 告訴 他，明 天 的
Jiāmíng　tàihǎo le　máfán nǐ bāng wǒ gàosù tā　míngtiān de

　　　　校外 參觀 因為 天氣 不好，所以 取消 了。
　　　　xiàowài cānguān yīnwèi tiānqì bùhǎo　suǒyǐ qǔxiāo le

大　同：好！我 會 告訴 他 的。
Dàtóng　hǎo wǒ huì gàosù tā de

家　明：謝謝 你，再 見。
Jiāmíng　xièxie nǐ　zàijiàn

大　同：再見！
Dàtóng　zàijiàn

(二)問題
wèntí

_____ 1. 對話是在哪裡發生的？
  (A) 簡訊
  (B) 電話
  (C) 電子郵件
  (D) 兩個人見面的時候

_____ 2. 小同不在家，他可能去哪裡了？
  (A) 百貨公司
  (B) 醫院
  (C) 餐廳
  (D) 體育館

_____ 3. 留言可能是什麼？
  (A) 校外參觀取消的事情
  (B) 小同的電話號碼
  (C) 家明的電話號碼
  (D) 小同去運動的事情

_____ 4. 明天的天氣最可能會是？
  (A) 出太陽
  (B) 雲有點多
  (C) 下雨
  (D) 有點風

_____ 5. 下面哪一個是對的？
  (A) 大同不在家，所以是小同接的電話
  (B) 明天不去校外參觀了
  (C) 家明是大同的老師
  (D) 校外參觀因為天氣不好，所以改時間了

(三)生 詞
shēngcí

	生詞	漢語拼音	文意解釋
1	你好	nǐhǎo	hola
2	現在	xiànzài	ahora
3	請問你是哪位	qǐngwèn nǐ shì nǎwèi	disculpe, ¿quién habla?
4	同學	tóngxué	compañero
5	哥哥	gēge	hermano mayor
6	運動	yùndòng	hacer ejercicios, deportes
7	留言	liúyán	dejar mensaje
8	麻煩	máfán	molestoso, molestar
9	告訴	gàosù	decir, informar
10	明天	míngtiān	mañana
11	校外參觀	xiàowài cānguān	visita fuera de la escuela o extracurriculares
12	天氣	tiānqì	clima
13	取消	qǔxiāo	cancelar
14	謝謝	xièxie	gracias
15	再見	zàijiàn	adiós

十六. 飯後的活動
fànhòu de huódòng

(一)對話
duì huà

書 華：吃完 晚飯 以後，你們 通常 會
shūhuá　chīwán　wǎnfàn yǐhòu　nǐmen tōngcháng huì

做 什麼 事 情？
zuò shéme　shìqíng

家 明：我喜歡 在 這 樣 的 天氣 洗 熱 水 澡，
Jiāmíng　wǒ xǐhuān zài zhèyàng de tiānqì　xǐrèshuǐzǎo

子晴 妳 呢？
Zǐqíng　nǐ ne

子 晴：最近 的 天氣 很冷，我 會 躲在 被 窩 裡
Zǐqíng　zuìjìn de tiānqì hěnlěng wǒ huì duǒzài bèiwōlǐ

睡 覺，或 是 躲在 被窩裡 看 書、休息。
shuìjiào　huòshì duǒzài　bèiwōlǐ kànshū　xiūxí

家 明：妳吃完 晚飯 以後 先 睡覺，晚 上 不會
Jiāmíng　nǐ chīwán wǎnfàn yǐhòu xiān shuìjiào wǎnshàng búhuì

睡不著 嗎？
shuìbùzháo ma

子 晴：不會，因爲 我 最近 眞的 很累。
Zǐqíng　búhuì　yīnwèi　wǒ zuìjìn zhēnde hěnlèi

書 華：爲 什麼 妳最近 這麼 累？
Shūhuá　wèishéme　nǐ zuìjìn zhème lèi

子　晴：因爲我 這個 禮拜六 有 一個 重要　的 考試，
Zǐqíng　　yīnwèi wǒ zhèige lǐbàiliù yǒu yíge zhòngyào de kǎoshì

　　　　我 每天　從早到晚　都在 讀書。
　　　　wǒ měitiān cóngzǎodàowǎn dōuzài dúshū

家　明：妳 眞 辛苦！所以 妳 再過 三天 就要 考試了，
Jiāmíng　　nǐ zhēn xīnkǔ　suǒyǐ　nǐ zàiguò sāntiān jiùyào kǎoshì le

　　　　加油！
　　　　jiāyóu

書　華：妳 如果 太累 的話 記得 要 休息，別 忘記，
Shūhuá　　nǐ rúguǒ tàilèi dehuà jìdé yào xiūxí　bié wàngjì

　　　　身體　健康 是 最　重要　的！
　　　　shēntǐ jiànkāng shì zuì zhòngyào de

子　晴：我 知道了，謝謝 你們。
Zǐqíng　　wǒ zhīdào le　xièxie nǐmen

(二)問題
wèntí

_____ 1. 他們三個人講話的時候,可能是在什麼季節?
　　　　(A) 春天
　　　　(B) 夏天
　　　　(C) 秋天
　　　　(D) 冬天

_____ 2. 子晴不會在被窩裡做什麼事情?
　　　　(A) 睡覺
　　　　(B) 看書
　　　　(C) 洗熱水澡
　　　　(D) 休息

_____ 3. 為什麼子晴最近很累?
　　　　(A) 因為子晴在準備考試
　　　　(B) 因為天氣很冷
　　　　(C) 因為子晴的身體不健康
　　　　(D) 因為子晴晚上睡不著

_____ 4. 你覺得「從早到晚都在讀書」是什麼意思?
　　　　(A) 讀書讀了一整天
　　　　(B) 讀書讀得很少
　　　　(C) 很早起床讀書
　　　　(D) 讀書讀得不多

_____ 5. 三個人聊天的那一天應該是星期幾?
　　　　(A) 星期一
　　　　(B) 星期二
　　　　(C) 星期三
　　　　(D) 星期四

(三) 生 詞
shēngcí

	生詞	漢語拼音	文意解釋
1	通常	tōngcháng	normalmente
2	洗熱水澡	xǐrèshuǐzǎo	bañarse con agua caliente
3	躲	duǒ	esconder
4	被窩	bèiwō	colcha, manta
5	睡不著	shuìbùzháo	no conseguir dormir
6	從早到晚	cóngzǎodàowǎn	desde la mañana hasta la noche, todo el día
7	忘記	wàngjì	olvidar

十七. 上 個 週末 做了 什麼？
shàngge zhōumò zuòle shéme

㈠對 話
duìhuà

怡 萍：好久 不見！妳 最近 好 嗎？
Yípíng　　hǎojiǔ bújiàn nǐ zuìjìn hǎo ma

曉 惠：還不錯，上個 週末 難得 放鬆 了 一下。
Xiǎohuì　　hái búcuò shàngge zhōumò nándé fàngsōng le yíxià

怡 萍：妳 做了 什麼？
Yípíng　　nǐ zuòle shéme

曉 惠：我 跟 家人 去 旅行。
Xiǎohuì　　wǒ gēn jiārén qù lǚxíng

怡 萍：我 眞 羨慕 妳，上個 週末 我 都 在 念書。
Yípíng　　wǒ zhēn xiànmù nǐ shàngge zhōumò wǒ dōu zài niànshū

曉 惠：妳 連 假日 都 這麼 認眞，眞 不 簡單！
Xiǎohuì　　nǐ lián jiàrì dōu zhème rènzhēn zhēn bù jiǎndān

怡 萍：眞 希望 我 也能 快點 出去 玩。
Yípíng　　zhēn xīwàng wǒ yěnéng kuàidiǎn chūqù wán

曉 惠：等 妳 考試 結束，我們 一起 去 旅行 吧！
Xiǎohuì　　děng nǐ kǎoshì jiéshù wǒmen yìqǐ qù lǚxíng ba

怡 萍：太好了！我 等不及了！
Yípíng　　tàihǎole wǒ děngbùjí le

(二)問題
wèntí

_____ 1. 你覺得「難得」是什麼意思？
(A) 很辛苦才得到的東西
(B) 很不容易發生的事情
(C) 很重要的事情
(D) 很容易發生的事情

_____ 2. 曉惠上個週末做了什麼事？
(A) 看電影
(B) 念書
(C) 運動
(D) 旅行

_____ 3. 下面哪一個是對的？
(A) 怡萍不喜歡旅行，所以才念書
(B) 曉惠不想要和怡萍一起去旅行
(C) 怡萍希望自己也能出去玩
(D) 曉惠和朋友一起去旅行

_____ 4. 曉惠覺得怡萍「真不簡單」，因為曉惠覺得……
(A) 怡萍是一個很努力的人
(B) 這次的考試很困難
(C) 怡萍讀的書很困難
(D) 怡萍不應該這麼努力

_____ 5. 你覺得「我等不及了」這句話是什麼意思？
(A) 希望事情不要發生
(B) 自己遲到了
(C) 很期待，希望事情趕快發生
(D) 因為朋友遲到所以很生氣

㈢生 詞
shēngcí

	生詞	漢語拼音	文意解釋
1	好久不見	hǎojiǔbújiàn	tanto tiempo sin verse
2	最近	zuìjìn	recientemente
3	週末	zhōumò	fin de semana
4	難得	nándé	raras veces, muy pocas veces
5	放鬆	fàngsōng	relajar
6	旅行	lǚxíng	viajar
7	羨慕	xiànmù	envidiar, admirar
8	念書	niànshū	estudiar
9	假日	jiàrì	feriado
10	認真	rènzhēn	serio/a, consciensudo/a
11	簡單	jiǎndān	simple
12	希望	xīwàng	esperanza, deseo
13	快點	kuàidiǎn	más rápido, más deprisa
14	結束	jiéshù	terminar, finalizar, concluir
15	等不及	děngbùjí	no poder esperar

十八. 白頭髮 和 成 績
báitóufǎ hàn chéngjī

(一)對 話
duìhuà

孩子：爸爸，為什麼你有那麼多根 白頭髮呢？
háizi　　bàba　　wèishéme nǐ yǒu nàme duō gēn báitóufǎ ne

爸爸：因為你今天的數學考試只考了30分。
bàba　　yīnwèi nǐ jīntiān de shùxué kǎoshì zhǐ kǎo le　　fēn

我很擔心你，所以頭髮變白了。
wǒ hěn dānxīn nǐ , 　suǒyǐ tóufǎ biàn bái le

孩子：爸爸，請你別擔心。明天 的 數學 考試，
háizi　　bàba　　qǐng nǐ bié dānxīn　míngtiān de shùxué kǎoshì

我會努力的。
wǒ huì nǔlì de

爸爸：你原來不懂的地方，現在已經懂了嗎？
bàba　　nǐ yuánlái bùdǒng de dìfāng　xiànzài yǐjīng dǒng le ma

孩子：嗯，我已經請老師再教我一遍了。
háizi　　ēn　　wǒ yǐjīng qǐng lǎoshī zài jiāo wǒ yíbiàn le

爸爸：好，如果你明天 的 數學 考試再 進步30分，
bàba　　hǎo　　rúguǒ nǐ míngtiān de shùxué kǎoshì zài jìnbù　　fēn

後天 我帶你出去玩。
hòutiān wǒ dài nǐ chūqù wán

孩子： 太棒 了！
háizi　　tàibàng le

我 相信 星期六我們 一定 可以 出去 玩！
wǒ xiāngxìn xīngqíliù wǒmen yídìng kěyǐ chūqù wán

對了，爸爸，你以前在 學校 的 成績 應該
duìle bàba nǐ yǐqián zài xuéxiào de chéngjī yīnggāi

很 不好 吧？
hěn bùhǎo ba

爸爸：你怎麼 問 這個 問題 呢？
bàba nǐ zěnme wèn zhège wèntí ne

孩子：因為 爺爺的 頭髮 全部 都是 白色的 啊！
háizi yīnwèi yéye de tóufǎ quánbù dōushì báisè de a

(二)問題
wèntí

———— 1. 爸爸為什麼有那麼多根白頭髮？
　　　(A) 擔心孩子的考試成績
　　　(B) 擔心爺爺的頭髮
　　　(C) 孩子生病了
　　　(D) 擔心他以前在學校的成績

———— 2. 你覺得對話裡的「進步」是什麼意思？
　　　(A) 走路走得更遠
　　　(B) 考試成績跟上次一樣
　　　(C) 出去外面玩
　　　(D) 考試成績比上次好

_____ 3. 明天是星期幾？
　　(A) 星期四
　　(B) 星期五
　　(C) 星期六
　　(D) 星期天

_____ 4. 如果要出去玩，明天的數學考試應該考幾分？
　　(A) 30分
　　(B) 40分
　　(C) 50分
　　(D) 60分以上

_____ 5. 哪一個正確？
　　(A) 爺爺擔心爸爸的白頭髮
　　(B) 孩子明天有數學考試
　　(C) 爺爺沒有白頭髮
　　(D) 爸爸以前在學校的成績不好

(三) 生 詞
shēngcí

	生詞	漢語拼音	文意解釋
1	根	gēn	clasificador para las cosas largas y delgadas
2	白頭髮	báitóufǎ	cabello blanco, cana
3	數學	shùxué	matemáticas
4	擔心	dānxīn	preocupar
5	變	biàn	convertirse
6	會	huì	indicador de futuro
7	進步	jìnbù	progresar
8	後天	hòutiān	pasado mañana
9	帶	dài	llevar
10	星期六	xīngqíliù	sábado
11	白色	báisè	blanco

十九．問路
wènlù

(一)對話
duìhuà

明　漢：不好意思！請問 離 這裡 最近的 旅館
Mínghàn　bùhǎoyìsī　qǐngwèn lí zhèlǐ zuìjìn de lǚguǎn

　　　　怎麼 走？
　　　　zěnme zǒu

路　人：往前 直走，過 兩個 紅綠燈 之後，
lùrén　　wǎngqián zhízǒu guò liǎngge hónglǜdēng zhīhòu

　　　　看到 便利 商店 再 右轉，旅館 就在
　　　　kàndào biànlì shāngdiàn zài yòuzhuǎ lnǔguǎn jiù zài

　　　　郵局 的 隔壁。
　　　　yóujú de gébì

明　漢：謝謝！這是我 第一次 來臺灣，對 環境
Mínghàn　xièxie zhè shì wǒ dìyīcì lái Táiwān duì huánjìng

　　　　很 不 熟悉。
　　　　hěn bù shóuxī

路　人：哦！你是 來 旅行 的 嗎？
lùrén　　ó nǐ shì lái lǚ xíng de ma

明　漢：是啊，我 喜歡 自助 旅行，所以 凡事
Mínghàn　shìā wǒ xǐhuān zìzhù lǚxíng suǒyǐ fánshì

　　　　都要 自己 計畫。
　　　　dōuyào zìjǐ jìhuà

路　人：眞 有 勇氣！我 以前 也有 同樣 的
lùrén　　zhēn yǒu yǒngqì　wǒ yǐqián yě yǒu tóngyàng de

　　　　經驗。不如 我 帶 你 過去 吧！
　　　　jīngyàn　bùrú wǒ dài nǐ guòqù ba

明　漢：你 眞 熱心，謝謝 你 的　幫忙！
Mínghàn　nǐ zhēn rèxīn　xièxie nǐ de bāngmáng

路　人：不客氣。
lùrén　　búkèqì

(二)問題
wèntí

_____ 1. 請問旅館在哪裡？
   (A) 便利商店的隔壁
   (B) 郵局的隔壁
   (C) 紅綠燈的隔壁
   (D) 便利商店和郵局的中間

_____ 2. 明漢可能想去旅館做什麼事？
   (A) 讀書
   (B) 休息
   (C) 開會
   (D) 運動

_____ 3. 請問「自助旅行」的意思是？
   (A) 自己計畫旅行
   (B) 去外國旅行
   (C) 參加旅行團的旅行
   (D) 參加學校的旅行

_____ 4. 路人說他也有「同樣的經驗」，是什麼意思？
   (A) 一樣有「找不到旅館」的經驗
   (B) 一樣有「問路」的經驗
   (C) 一樣有「第一次來臺灣」的經驗
   (D) 一樣有「自助旅行」的經驗

_____ 5. 下列哪一個是對的？
   (A) 明漢以前沒有來過臺灣
   (B) 路人也不知道旅館怎麼去
   (C) 明漢不喜歡旅行
   (D) 路人沒有旅行的經驗

三 生 詞
shēngcí

	生詞	漢語拼音	文意解釋
1	不好意思	bùhǎoyìsī	sentir vergüenza, mostrar sentimiento de lástima de manera informal.
2	旅館	lǚguǎn	hotel
3	直走	zhízǒu	ir derecho, ir hacia frente
4	紅綠燈	hónglǜdēng	semáforo
5	便利商店	biànlì shāngdiàn	tienda de bienes de consumo
6	右轉	yòuzhuǎn	girar a la derecha
7	隔壁	gébì	(ubicarse) al lado
8	環境	huánjìng	ambiente, circunstancias
9	熟悉	shóuxī	estar familiarizado, conocer o saber bien
10	自助旅行	zìzhù lǚxíng	viajar de forma independiente, viajar por medios propios
11	凡事	fánshì	todo
12	計畫	jìhuà	plan
13	勇氣	yǒngqì	coraje, valentía
14	經驗	jīngyàn	experiencia
15	熱心	rèxīn	entusiasmado, bondadoso
16	幫忙	bāngmáng	ayudar, asistir

二十. 酒後開車
jiǔ hòu kāichē

(一)對話
duìhuà

警　察：先生，麻煩　靠　路邊　停車。
jǐngchá　xiānshēng máfán kào lùbiān tíngchē

（李先生　將車子　停好　後下車）
Lǐ xiānshēng jiāng chēzi tínghǎo hòu xiàchē

警　察：你怎麼　渾身　酒味？請把　證件　拿出來。
jǐngchá　nǐ zěnme húnshēn jiǔwèi qǐng bǎ zhèngjiàn náchūlái

李先生：　我　晚上　參加朋友　的結婚典禮，
Lǐ xiānshēng wǒ wǎnshàng cānjiā péngyǒu de jiéhūn diǎnlǐ

　　所以喝了一點酒。
　　suǒyǐ hēle yìdiǎn jiǔ

警　察：你不知道酒後　開車是　很　危險　的事情
jǐngchá　nǐ bù zhīdào jiǔ hòu kāichē shì hěn wéixiǎn de shìqíng

　　嗎？爲了安全，你應該搭計程車回家
　　ma　wèile ānquán　nǐ yīnggāi dā jìchéngchē huíjiā

　　才對。
　　cáiduì

李先生：　我下次不會再這樣做了，麻煩你就
Lǐ xiānshēng wǒ xiàcì búhuì zài zhèyàng zuò le máfán nǐ jiù

　　睜一隻眼閉一隻眼吧。
　　zhēng yì zhī yǎn bì yì zhī yǎn ba

警　察：不行！你不只喝酒，還　闖　　紅燈！
jǐngchá　bùxíng　nǐ bùzhǐ hējiǔ　hái chuǎng hóngdēng

你難道沒 看到　紅燈　嗎？
nǐ nándào méi kàndào hóngdēng ma

李先生：　唉！我看到了紅燈，但是 沒 看到
Lǐ xiānshēng　ai　wǒ kàndào le hóngdēng dànshì méi kàndào

你阿。
nǐ　a

（二）問題
wèntí

————1. 對話可能是在哪裡發生的？

(A) 餐廳

(B) 路邊

(C) 公園

(D) 海邊

——— 2. 為了安全，警察覺得李先生應該怎麼做？

    (A) 不應該參加結婚典禮

    (B) 自己開車回家

    (C) 不應該喝酒

    (D) 讓別人送他回家

——— 3. 李先生說他「下次不會再這樣做了」，「這樣做」是指哪一件事情？

    (A) 參加結婚典禮

    (B) 搭計程車

    (C) 喝酒之後開車

    (D) 沒有看到警察

——— 4. 李先生希望警察能「睜一隻眼閉一隻眼」，意思是？

    (A) 希望警察晚上開車要小心

    (B) 希望警察當作沒看到，原諒自己

    (C) 希望警察能注意自己的眼睛

    (D) 覺得自己沒有不對的地方

——— 5. 下面哪一個是對的？

    (A) 李先生只有喝酒

    (B) 李先生沒有喝酒，但闖紅燈

    (C) 李先生只有闖紅燈

    (D) 李先生喝酒，也闖紅燈

(三)生 詞
shēngcí

	生詞	漢語拼音	文意解釋
1	麻煩	máfán	molestar
2	渾身	húnshēn	todo el cuerpo

	生詞	漢語拼音	文意解釋
3	證件	zhèngjiàn	documento
4	參加	cānjiā	participar
5	結婚典禮	jiéhūn diǎnlǐ	casamiento
6	危險	wéixiǎn	peligroso
7	安全	ānquán	seguro, seguridad
8	計程車	jìchéngchē	taxi
9	睜一隻眼閉一隻眼	zhēng yì zhī yǎn bì yì zhī yǎn	mantener un ojo abierto y el otro cerrado; hacer la vista gorda, fingir no ver
10	闖紅燈	chuǎng hóngdēng	ultrapasar el semáforo rojo
11	難道	nándào	acaso...

單元三　短文

二十一．進步一名
jìnbù yìmíng

(一) 短文
duǎnwén

王　文　星　的　爸爸　很　關　心　兒　子　在　學　校　裡　的
Wáng Wénxīng de bàba hěn guānxīn érzi zài xuéxiàolǐ de

成　績。
chéngjī

有一天，王　爸爸　問　文　星：「兒　子　啊，你　最　近
yǒuyìtiān Wángbàba wèn Wénxīng érzi a nǐ zuìjìn

在　學　校　考試　考　得　怎麼　樣？這次　在　班　上　考
zài xuéxiào kǎoshì kǎode zěnmeyàng zhècì zài bānshàng kǎo

第幾名　啊？」
dìjǐmíng a

文　星　告訴　爸爸：「我　這次　考　第 26 名。」
Wénxīng gàosù bàba wǒ zhècì kǎo dì míng

王　爸爸　又　問　文　星：「你們　班　上　有　多　少
Wángbàba yòu wèn Wénxīng nǐmen bānshàng yǒu duōshǎo

人？」
rén

文　星　回答：「班　上　有 26 個人。」
Wénxīng huídá bānshàng yǒu ge rén

王　爸爸　知道　兒子　在　學　校　的　成績　以後，趕緊
Wángbàba zhīdào érzi zài xuéxiào de chéngjī yǐhòu gǎnjǐn

幫 兒子 找了一個 家庭 老師。
bāng érzi zhǎole yíge jiātíng lǎoshī

過了 兩個月，王爸爸 又 問 文星：「兒子啊，
guòle liǎnggeyuè Wángbàba yòu wèn Wénxīng érzi a

你 現在 在 學校 的 成績 怎麼 樣 呢？」
nǐ xiànzài zài xuéxiào de chéngjī zěnmeyàng ne

文星 回答：「爸爸，我 有一個 好 消息 跟
Wénxīng huídá bàba wǒ yǒu yíge hǎo xiāoxí gēn

一個 壞 消息要 告訴你。你 想 先 聽 哪一個？」
yíge huài xiāoxí yào gàosù nǐ nǐ xiǎng xiān tīng nǎ yíge

王 爸爸 說：「先 聽 好 消息吧。」
Wángbàba shuō xiān tīng hǎo xiāoxí ba

文星 說：「我 這次 的 考試 成績 比上次的
Wénxīng shuō wǒ zhècì de kǎoshì chéngjī bǐ shàngcìde

好，進步了 一 名。」
hǎo jìnbùle yì míng

王 爸爸 聽了，開心地 說：「成績進步很 好 啊！
Wángbàba tīngle kāixīnde shuō chéngjījìnbù hěn hǎo a

我 不 相 信你有 壞 消息可以 告訴我。」
wǒ bù xiāngxìn nǐ yǒ huài xiāoxí kěyǐ gàosù wǒ

文星 說：「雖然 我 進步了 一名，但是，我們
Wénxīng shuō suīrán wǒ jìnbùle yìmíng dànshì wǒmen

班 上 有一個 同學 上 個月 全家搬去美國，
bānshàng yǒu yíge tóngxué shànggeyuè quánjiā bānqù měiguó

所以我們 班 少了 一個人……」
suǒyǐ wǒmen bān shǎole yíge rén

(二)問題
wèntí

_____ 1. 王文星的爸爸很「關心」兒子在學校裡的成績，「關心」也可以換成下面哪個詞？
(A) 開心
(B) 喜歡
(C) 小心
(D) 注意

_____ 2. 王文星第一次考了第26名，所以 _____ 。
(A) 王文星的考試成績很好
(B) 王文星很喜歡考試
(C) 班上同學的成績都比王文星好
(D) 王文星的爸爸很開心

_____ 3. 王文星第二次考試考了第幾名？
(A) 1
(B) 25
(C) 26
(D) 27

_____ 4. 王文星第二次考試為什麼進步了一名？
(A) 因為王文星很聰明
(B) 因為王爸爸找了家庭老師
(C) 因為有一個同學離開王文星的班上了
(D) 因為王文星很努力讀書

_____ 5. 「但是」這個詞可以放在哪個□□裡面？
(A) 因為我長得不帥，□□王小美不喜歡我。
(B) 我喜歡喝飲料，□□果汁、汽水還有咖啡。
(C) 雖然上週末都在下雨，□□我玩得很開心。
(D) 他非常有錢，□□他買了很多房子。

㈢ 生 詞
shēngcí

	生詞	漢語拼音	文意解釋
1	關心	guānxīn	preocuparse
2	班	bān	clase
3	趕緊	gǎnjǐn	apresuradamente
4	家庭老師	jiātíng lǎoshī	profesor particular

二十二. 媽媽 的 留言
māma de liúyán

(一)短文
duǎnwén

小英：
Xiǎoyīng

媽媽 去買 做 晚餐 需要 用到 的
māma qù mǎi zuò wǎncān xūyào yòngdào de

東西，大概 要 一個半 小時 才會回來。
dōngxi dàgài yào yígebàn xiǎoshí cái huì huílái

如果 妳 肚子 餓了，冰 箱裡 有 點心，但是
rúguǒ nǐ dùzi è le bīngxiānglǐ yǒu diǎnxīn dànshì

要 先 洗手 才能 吃。如果 妳想 看電視，
yào xiān xǐshǒu cáinéng chī rúguǒ nǐ xiǎng kàn diànshì

必須 先把 功課 寫完。如果 妳 明天 有
bìxū xiān bǎ gōngkè xiěwán rúguǒ nǐ míngtiān yǒu

考試，妳就 應該 先 準備考試，不要 看
kǎoshì nǐ jiù yīnggāi xiān zhǔnbèi kǎoshì búyào kàn

電視。對了，妳的 布娃娃 媽媽 幫妳 洗好
diànshì duìle nǐ de bùwáwa māma bāng nǐ xǐhǎo

了，請 妳 記得 把 陽台上 的布娃娃收進
le qǐng nǐ jìdé bǎ yángtáishàng de bùwáwa shōujìn

房間。妳自己一個人在家要 注意 安全，
fángjiān nǐ zìjǐ yígerén zài jiā yào zhùyì ānquán

不要 像 去年一樣，把 房子 燒了個 大洞。
búyào xiàng qùnián yíyàng bǎ fángzi shāole ge dàdòng

媽媽 很 快 就回家了！
māma hěn kuài jiù huíjiā le

愛妳的 媽媽 PM 3：30
ài nǐ de māma

(二)問題
wèntí

———— 1. 媽媽可能去哪裡？

(A) 銀行

(B) 公園

(C) 學校

(D) 超市

———— 2. 媽媽大概什麼時候回家？

(A) PM 3：45

(B) PM 4：00

(C) PM 4：30

(D) PM 5：00

———— 3. 媽媽要小英做什麼事情？

　　(A) 看電視

　　(B) 存錢

　　(C) 吃點心

　　(D) 收布娃娃

———— 4. 如果小英想看電視，她必須先做什麼？

　　(A) 洗手

　　(B) 寫功課

　　(C) 考試

　　(D) 吃點心

———— 5. 哪一個是對的？

　　(A) 先寫完功課才能吃點心

　　(B) 小英的媽媽明天才會回家

　　(C) 先洗手才可以吃點心

　　(D) 小英自己洗了布娃娃

(三) 生 詞
shēngcí

	生詞	漢語拼音	文意解釋
1	大概	dàgài	aproximadamente
2	洗手	xǐshǒu	lavarse las manos
3	布娃娃	bùwáwa	muñeca de tela
4	記得	jìdé	recordar
5	陽台	yángtái	balcón

二十三．老人 與 年 輕人
lǎorén yǔ niánqīngrén

㈠短 文
duǎnwén

王 太太 和 兩個人 一起 在 公車站 等
Wáng tàitai hàn liǎngge rén yìqǐ zài gongchēzhàn děng

公車。可是 她 等了 好久，一直 等不到 公車。
gōngchē kěshì tā děngle hǎojiǔ yìzhí děngbúdào gōngchē

她 覺得 很 無聊，只好 找 旁邊 兩個人 聊天，
tā juéde hěn wúliáo zhǐhǎo zhǎo pángbiān liǎngge rén liáotiān

一個 是 老人，一個 是 年 輕人。 王 太太 先 問
yíge shì lǎorén yíge shì niánqīngrén Wáng tàitai xiān wèn

年 輕人：「旁 邊 這位 是 您 的 父親 嗎？」
niánqīngrén pángbiān zhèwèi shì nín de fùqīn ma

年 輕人 回答：「是的。」
niánqīngrén huídá shìde

王 太太 又 對 老人 說：「您 的 兒子 長 得
Wáng tàitai yòu duì lǎorén shuō nín de érzi chǎngde

真 好看 哪！」老人 卻 對 王 太太 說：「不，他
zhēn hǎokàn na lǎorén què duì Wáng tàitai shuō bù tā

不是 我的 兒子 啊！」 王 太太 覺得 很 奇怪，所以 她 又
búshì wǒde érzi a Wáng tàitai juéde hěn qíguài suǒyǐ tā yòu

問了一次 年 輕人：「旁 邊 這位 是 您 的 爸爸
wènle yícì niánqīngrén pángbiān zhèwèi shì nín de bàba

嗎?」年輕人 仍然 回答:「沒錯,他是我的爸爸。」
ma　niánqīngrén réngrán huídá　méicuò tā shì wǒde bàba

　　她 又 問了一次 老人:「旁 邊 這個 年 輕人
　　tā yòu wènle yícì lǎorén　pángbiān zhège niánqīngrén

不是 您 的 兒子嗎?」老人 仍然 回答:「不是,他
búshì nín de érzi ma　lǎorén réngrán huídá　búshì tā

不是 我 的 兒子。」老人 跟 年 輕人 說的 都是
búshì wǒ de érzi　lǎorén gēn niánqīngrén shuōde dōushì

眞 話,可是,爲什麼 老人 說 年 輕人 不是他的
zhēnhuà kěshì wèishéme lǎorén shuō niánqīngrén búshì tāde

兒子?
érzi

(二)問題
wèntí

──── 1. 有幾個人在等公車?
　　　(A) 1
　　　(B) 2
　　　(C) 3
　　　(D) 4

──── 2. 「只好」這個詞可以放在哪個□□裡面?
　　　(A) 天氣不好,不能出去外面打球,我□□在家裡看電視。
　　　(B) 我很用功讀書,□□我考了第一名。
　　　(C) 雖然寫漢字不容易,□□我喜歡寫漢字。
　　　(D) 因爲我喜歡中文,□□我想當中文老師。

_____ 3. 老人仍然回答：「不是，他不是我的兒子。」「仍然」可以換
成下面哪個詞？
(A) 但是
(B) 還是
(C) 不是
(D) 雖然

_____ 4. 哪一個正確？
(A) 他們在公車上聊天
(B) 老人是年輕人的爸爸
(C) 年輕人是老人的兒子
(D) 老人跟年輕人說的都不是真話

_____ 5. 「年輕人可能是老人的□□。」□□應該是？
(A) 兒子
(B) 女兒
(C) 太太
(D) 朋友

(三) 生 詞
shēngcí

	生詞	漢語拼音	文意解釋
1	公車站	gōngchēzhàn	estación de bus
2	年輕人	niánqīngrén	joven
3	卻	què	pero
4	仍然	réngrán	todavía, sin embargo
5	沒錯	méicuò	sí, correcto

二十四. 感謝 探 望
gǎnxiè tànwàng

(一)短 文
duǎnwén

依林：
Yīlín

謝謝妳昨天來看我，從 車禍 發生 到現在
xièxie nǐ zuótiān lái kàn wǒ　cóng chēhuò fāshēng dào xiànzài

已經一個禮拜了，除了頭還有一點不 舒服之外，
yǐjīng yíge lǐbài le　chúle tóu hái yǒu yìdiǎn bù shūfú zhīwài

其他都 好多了。醫生 説 我 恢復得 很快，再過
qítā dōu hǎoduō le　yīshēng shuō wǒ huīfù de hěnkuài zài guò

半個月 就可以出 院了。
bànge yuè jiù kěyǐ chūyuàn le

我 還要 謝謝妳 送 我 這麼 漂亮的花，我 想
wǒ háiyào xièxie nǐ sòng wǒ zhème piàoliàng de huā　wǒ xiǎng

要把它擺在 窗 邊，這樣 每天一看到它，我
yào bǎ tā bǎi zài chuāngbiān zhèyàng měitiān yí kàndào tā　wǒ

就會 覺得 很 開心。
jiù huì juéde hěn kāixīn

對了，我 這麼 久沒去 上課，非常 擔心會
duìle　wǒ zhème jiǔ méi qù shàngkè　fēi cháng dānxīn huì

有 很多 地方不 懂。等 我出 院以後，妳能 借我
yǒu hěn duō dìfāng bù dǒng　děng wǒ chūyuàn yǐhòu　nǐ néng jiè wǒ

上課 的筆記嗎？謝謝妳的 幫 忙。
shàngkè de bǐjì ma   xièxie nǐ de bāngmáng

我 很 想念妳，希望 能 快點 回到學校。
wǒ hěn xiǎngniàn nǐ   xīwàng néng kuàidiǎn huídào xuéxiào

傑倫
Jiélún

(二)問題
wèntí

——— 1. 傑倫現在在哪裡？

  (A) 車站

  (B) 醫院

  (C) 學校

  (D) 家裡

――――― 2. 再過幾天傑倫才可以出院？
　　　　(A) 30天
　　　　(B) 8天
　　　　(C) 15天
　　　　(D) 21天

――――― 3. 傑倫為什麼會覺得開心？
　　　　(A) 頭還有一點不舒服
　　　　(B) 很快就可以出院了
　　　　(C) 看到依林送的禮物
　　　　(D) 可以不必去學校

――――― 4. 傑倫的身體怎麼樣？
　　　　(A) 恢復得很慢
　　　　(B) 只有頭很好，其他地方都不舒服
　　　　(C) 全身都不舒服
　　　　(D) 只有頭不舒服，其他地方都很好

――――― 5. 傑倫為什麼不能去學校？
　　　　(A) 搭車的時候發生不好的事情
　　　　(B) 心情不好
　　　　(C) 肚子不舒服
　　　　(D) 感冒

(三) 生 詞
shēngcí

	生詞	漢語拼音	文意解釋
1	車禍	chēhuò	accidente de tránsito
2	恢復	huīfù	recuperar
3	出院	chūyuàn	salir del hospital
4	擔心	dānxīn	preocuparse
5	筆記	bǐjì	notas, apuntes
6	想念	xiǎngniàn	extrañar, añorar, echar de menos

二十五. 常 掉 傘 的 羅 先 生
cháng diào sǎn de Luó xiānshēng

㈠短 文
duǎnwén

羅 先 生 是 一 位 英 文 老 師。他 很 會 教
Luó xiānshēng shì yíwèi yīngwén lǎoshī tā hěn huì jiao

英 文， 工 作 也 很 努 力，所 以 學 校 裡 的 學 生
yīngwén gōngzuò yě hěn nǔlì suǒyǐ xuéxiàolǐ de xuéshēng

和 同 事 都 非 常 喜 歡 他。他 在 家 是 個 好
hàn tóngshì dōu fēicháng xǐhuān tā tā zài jiā shì ge hǎo

老 公，也 是 個 好 爸 爸。他 對 他 的 太 太、兒 子 都
lǎogōng yě shì ge hǎo bàba tā duì tā de tàitai érzi dōu

非 常 好。可 是，他 常 常 做 一 件 事 情，讓 他
fēicháng hǎo kěshì tā chángcháng zuò yíjiàn shìqíng ràng tā

的 太 太 非 常 不 高 興。那 就 是：他 常 常 掉 傘。
de tàitai fēicháng bù gāoxìng nà jiùshì tā chángcháng diào sǎn

你 相 信 嗎？他 已 經 掉 過50 把 傘 了。他 的 太 太
nǐ xiāngxìn ma tā yǐjīng diàoguò bǎ sǎn le tā de tàitai

告 訴 他：「一 把 傘 雖 然 不 貴，但 是 也 不 便 宜。
gàosù tā yìbǎ sǎn suīrán bú guì dànshì yě bù piányí

如 果 你 再 掉 傘，你 下 次 就 淋 雨 回 家 吧！」羅 先 生
rúguǒ nǐ zài diàosǎn nǐ xiàcì jiù línyǔ huíjiā ba Luó xiānshēng

很 怕 太 太 生 氣，所 以 他 常 常 提 醒 自 己：不 要 再
hěn pà tàitai shēngqì suǒyǐ tā chángcháng tíxǐng zìjǐ búyào zài

掉 傘 了。
diào sǎn le

有一天，羅 先 生 從 學校 回家。他 很 高興 地
yǒuyìtiān Luó xiānshēng cóng xuéxiào huíjiā tā hěngāoxìngde

把傘 拿給 太太 看，並且 說：「妳看！我 記得 把 傘
bǎ sǎn nágěi tàitai kàn bìngqiě shuō nǐkàn wǒ jìdé bǎ sǎn

帶回家 了！」太太 看了 羅 先 生 手 上 的 傘，
dàihuíjiā le tàitai kànle Luó xiānshēng shǒushàng de sǎn

說：「可是 你 今天 沒有 帶 傘 出去 啊！」
shuō kěshì nǐ jīntiān méiyǒu dài sǎn chūqù a

(二)問題
wèntí

———— 1. 什麼是「同事」？
　　　(A) 一樣的事情
　　　(B) 同學的事情
　　　(C) 和羅先生一樣在學校工作的人
　　　(D) 以上都不對

———— 2. 哪一個不對？
　　　(A) 羅先生是一位英文老師
　　　(B) 羅先生很會教英文
　　　(C) 羅先生對太太、兒子非常好
　　　(D) 學生不喜歡羅先生

—————— 3. 「支」可以放在哪個□裡面？

　　　　(A) 一□書

　　　　(B) 三□手機

　　　　(C) 一□鑰匙

　　　　(D) 一□雨傘

—————— 4. 「非常」這個詞不可以放在哪個□□裡面？

　　　　(A) 沈佳宜□□漂亮

　　　　(B) 我□□經過沈佳宜的家

　　　　(C) 我□□想告訴沈佳宜一件事情

　　　　(D) 沈佳宜，我□□喜歡你

—————— 5. 下面四件事情，哪一件最早發生？

　　　　(A) 羅先生把傘拿給太太看

　　　　(B) 太太看了傘後沒有很高興

　　　　(C) 羅先生從學校回家

　　　　(D) 羅先生告訴太太：「我記得把傘帶回家了。」

三 生詞
shēngcí

	生詞	漢語拼音	文意解釋
1	同事	tóngshì	compañero de trabajo
2	老公	lǎogōng	esposo
3	淋雨	línyǔ	mojarse en la lluvia
4	提醒	tíxǐng	recordar, advertir, indicar
5	記得	jìdé	recordar
6	卻	què	pero

二十六. 寄包裹
jì bāoguǒ

（一）短文
duǎnwén

再 過 三天 就是 聖誕節 了。
zài guò sāntiān jiùshì Shèngdànjié le

這 一天，爸爸 請 多平 幫 他寄 兩個包裹。
zhè yìtiān bàba qǐng Duōpíng bāng tā jì liǎngge bāoguǒ

大的包裹是要 送 奶奶的禮物，小的 包裹是要
dàde bāoguǒ shì yào sòng nǎinai de lǐwù xiǎode bāoguǒ shì yào

送 表妹的 玩具。
sòng biǎomèi de wánjù

爸爸跟 多平 說：「寄一個包裹 要五十 元，
bàba gēn Duōpíng shuō jì yíge bāoguǒ yào wǔshí yuán

這裡是一百 元，剛 好可以寄 兩個 包裹。」
zhèlǐ shì yìbǎi yuán gānghǎo kěyǐ jì liǎngge bāoguǒ

過了十分鐘，多平 回來了。
guòle shífēnzhōng Duōpíng huílái le

爸爸 說：「你 怎麼這麼 快就 回來了？我要你
bàba shuō nǐ zěnme zhème kuài jiù huílái le wǒ yào nǐ

寄的 包裹都 寄出去了嗎？」
jì de bāoguǒ dōu jìchūqùle ma

多平 高興的 說：「我 都 寄出去了，而且只
Duōpíng gāoxìng de shuō wǒ dōu jìchūqù le érqiě zhǐ

花了 五十　元。」
huāle　wǔshí　　yuán

　　爸爸 覺得 很 奇怪，所以 問 多平 是 怎麼
　　bàba　juéde　hěn　qíguài　suǒyǐ　wèn　Duōpíng　shì　zěnme

做到 的。
zuòdào de

　　多平 回答：「我 把 小的 包裹 放進 比較大的
　　Duōpíng　huídá　　wǒ　bǎ　xiǎode　bāoguǒ　fàngjìn　bǐjiàodà de

包裹 裡面，這 樣 只 需要 五十 元！」
bāoguǒ　lǐmiàn　zhèyàng　zhǐ　xūyào　wǔshí yuán

(二)問題
wèntí

_____ 1. 請問「這一天」是幾月幾號？

(A) 25號

(B) 28號

(C) 18號

(D) 22號

_____ 2. 「爸爸請多平幫他寄兩個包裹」裡的「他」是誰？

(A) 表妹

(B) 多平

(C) 奶奶

(D) 爸爸

_____ 3. 請問最後是誰收到了包裹？

(A) 表妹

(B) 奶奶

(C) 都收到包裹了

(D) 都沒收到包裹

_____ 4. 選出對的

a. □□的雨太大了，再等一下吧。

b. 不要走開，□□還有更有趣的節目！

c. 這本書不知道是誰的，□□沒寫名字。

d. 快點打開禮物，我想看看□□是什麼。

(A) a.上面　b.下面　c.外面　d.裡面

(B) a.外面　b.上面　c.裡面　d.下面

(C) a.外面　b.下面　c.上面　d.裡面

(D) a.上面　b.下面　c.裡面　d.外面

_____ 5. A：175公分；B：180公分，下面哪個是對的？

    (A) A比較矮

    (B) A比較高

    (C) A比B高五公分

    (D) B比A矮五公分

(三) 生 詞
shēngcí

	生詞	漢語拼音	文意解釋
1	聖誕節	Shèngdànjié	Navidad
2	包裹	bāoguǒ	paquete
3	禮物	lǐwù	regalo
4	玩具	wánjù	juguete
5	奇怪	qíguài	raro, extraño
6	放	fàng	poner, dejar

二十七. 男孩 與 農夫
nánhái yǔ nóngfū

㈠短文
duǎnwén

有一個 男孩 走到 一個 農夫 的 西瓜田。男孩
yǒu yíge nánhái zǒudào yíge nóngfū de xīguātián nánhái

指著 田裡 的 一個 西瓜，問 農夫：「那個 大 西瓜
zhǐzhe tiánlǐ de yíge xīguā wèn nóngfū nèige dà xīguā

多少 錢？」
duōshǎo qián

農夫 告訴 他：「80 元。」
nóngfū gàosù tā yuán

男孩 説：「可是 我 只有 50 元。」
nánhái shuō kěshì wǒ zhǐyǒu yuán

農夫 一邊 笑著，一邊 指著 田裡 一個 很 小 的
nóngfū yìbiān xiàozhe yìbiān zhǐzhe tiánlǐ yíge hěn xiǎo de

西瓜，問 男孩：「你 要不要 買 這個 西瓜？你 帶 的
xīguā wèn nánhái nǐ yàobúyào mǎi zhèige xīguā nǐ dài de

錢 剛 好 可以 買 這個 小 西瓜。」
qián gānghǎo kěyǐ mǎi zhèige xiǎo xīguā

男孩 想了一下，回答：「好，我 買 這個 西瓜，
nánhái xiǎngle yíxià huídá hǎo wǒ mǎi zhèige xīguā

但是 請 你 不要 現在 給 我。」
dànshì qǐng nǐ búyào xiànzài gěi wǒ

農夫 問：「你 什麼 時候 才 要 來 拿？」
nóngfū wèn　　nǐ shéme shíhòu cái yào lái ná

男孩 回答：「等 它 多 長 一兩個 星期之後，
nánhái huídá　　děng tā duō zhǎng yìliǎngge xīngqí zhīhòu

我 再 來 拿！」
wǒ zài lái ná

(二)問題
wèntí

———— 1. 男孩到西瓜田想做什麼事情？

　　(A) 賣西瓜

　　(B) 吃西瓜

　　(C) 看西瓜

　　(D) 買西瓜

———— 2. 男孩帶的錢可以買幾個西瓜？

　　(A) 一個大西瓜

　　(B) 一個大西瓜跟一個小西瓜

　　(C) 兩個大西瓜

　　(D) 一個小西瓜

———— 3. 爲什麼男孩不要現在拿西瓜？

　　(A) 他想等西瓜變大

　　(B) 他現在沒有錢

　　(C) 農夫不想現在給他西瓜

　　(D) 他想明天再拿西瓜

———— 4.「男孩思考了一下」，請問「一下」是多久的時間？

    (A) 很短的時間

    (B) 一個小時

    (C) 一天

    (D) 很長的時間

———— 5. 哪一個正確？

    (A) 農夫想買西瓜

    (B) 一個大西瓜130元

    (C) 一個小西瓜50元

    (D) 男孩想馬上拿到西瓜

(三) 生 詞 shēngcí

	生詞	漢語拼音	文意解釋
1	農夫	nóngfū	agricultor, campesino
2	西瓜田	xīguātián	campo de sandía
3	指	zhǐ	apuntar
4	田	tián	campo, tierra
5	剛好	gānghǎo	justo
6	長	zhǎng	crecer

二十八. 說 謊 比賽
shuōhuǎng bǐsài

㈠短 文
duǎnwén

王 先 生 是 一位 中 學 老師，他 非 常
Wáng xiānshēng shì yíwèi zhōngxué lǎoshī tā fēicháng

擔心 他 的 學 生。因爲 他 覺得，現 在 的 學 生，
dānxīn tā de xuéshēng yīnwèi tā juéde xiànzài de xuéshēng

不 知道 什麼 事情 是 對 的、什麼 事情 是 錯 的。
bù zhīdào shéme shìqíng shì duì de shéme shìqíng shì cuò de

有 一天，在 他 下班 回家 的 路上，他 看到了 他
yǒu yìtiān zài tā xiàbān huíjiā de lùshàng tā kàndàole tā

的 五個 學 生，正在 公 園裡 圍著 一隻 小 狗。
de wǔge xuéshēng zhèngzài gōngyuánlǐ wéizhe yìzhī xiǎogǒu

他 走 向 他 的 學 生 們，對 他們 說：「你們
tā zǒuxiàng tā de xuéshēngmen duì tāmen shuō nǐmen

怎麼 沒有 馬上 回家，在 這裡 做 什麼？」其中
zěnme méiyǒu mǎshàng huíjiā zài zhèlǐ zuò shéme qízhōng

一個 學 生 回答：「我們 正 在比賽。」王 先 生
yíge xuéshēng huídá wǒmen zhèngzài bǐsài Wáng xiānshēng

問：「你們 在 比賽 什麼？」另 一個 學 生 回答：
wèn nǐmen zài bǐsài shéme lìng yíge xuéshēng huídá

「我們 在 比賽 說謊，誰 說 的 謊 話大家
wǒmen zài bǐsài shuōhuǎng shéi shuō de huǎnghuà dàjiā

最不能 相信，就 可以 把 這隻可愛的小 狗 帶
zuì bùnéng xiāngxìn jiù kěyǐ bǎ zhèzhī kěài de xiǎogǒu dài

回家。」王 先 生 覺得，學 生 比賽 說 謊 是
huíjiā Wáng xiānshēng juéde xuéshēng bǐsài shuōhuǎng shì

不對 的 事情，他 必須 好好 教 他的 學 生 們，
búduì de shìqíng tā bìxū hǎohǎo jiāo tā de xuéshēngmen

所以 王 先 生 告訴他的學 生 們 說：「我
suǒyǐ Wáng xiānshēng gàosù tā de xuéshēngmen shuō wǒ

已經 活了四十幾歲，從來 沒有 說 過 謊。」最後
yǐjīng huóle sìshí jǐsuì cónglái méiyǒu shuōguò huǎng zuìhòu

王 先 生 得到了那隻 小 狗。
Wáng xiānshēng dédàole nàzhī xiǎogǒu

(二)問題 wèntí

———— 1. 王先生擔心什麼事情？
（A）擔心他不能回家
（B）擔心學生不知道什麼事情是錯的
（C）擔心學生不能說謊
（D）擔心他不能把小狗帶回家

———— 2. 做了什麼事情的人可以把小狗帶回家？
（A）沒說謊的人
（B）圍著小狗的人
（C）不回家的人
（D）說的謊大家最不能相信的人

———— 3. 哪一個正確？
（A）沒有人得到小狗
（B）有一個學生把小狗帶回家了
（C）王先生覺得比賽說謊是對的事情
（D）學生們覺得王先生說了謊

———— 4. 為什麼王先生贏得那隻小狗？
（A）因為學生都不相信王先生沒有說過謊
（B）因為學生都先回家了
（C）因為學生都知道自己錯了
（D）因為學生都不要小狗了

———— 5. 「所以」這個詞可以放進哪個□□裡面？
（A）因為我太晚起床，□□我上學遲到了。
（B）她長得很漂亮，□□很聰明。
（C）雖然昨天是下雨天，□□我玩得很開心。
（D）那本書很便宜，我帶的錢可以買那本書，□□我沒有買。

(三)生 詞
shēngcí

	生詞	漢語拼音	文意解釋
1	圍	wéi	rodear
2	其中	qízhōng	entre ellos
3	比賽	bǐsài	competencia
4	另	lìng	otro
5	說謊	shuōhuǎng	mentir
6	謊話	huǎnghuà	mentira
7	從來	cónglái	nunca
8	得到	dédào	conseguir, obtener

二十九．買「東西」
mǎi dōngxi

(一) 短文
duǎnwén

你 知道 爲什麼 中文 說 買「東西」，而 不
nǐ zhīdào wèishéme zhōngwén shuō mǎi dōngxi ér bù

說 買「南北」嗎？關於 這個 詞，有 一個 很 有 意思 的
shuō mǎi nán běi ma guānyú zhèige cí yǒu yíge hěn yǒu yìsi de

小 故事。
xiǎo gùshì

從 前，有 一個 很 聰明 的 人 叫 朱熹，他 有
cóngqián yǒu yíge hěn cōngmíng de rén jiào Zhū Xī tā yǒu

一個 好 朋友 叫 盛 溫和。
yíge hǎo péngyǒu jiào Shèng Wēnhé

有 一天，兩個 人 在 路上 相 遇。朱熹 看見
yǒu yìtiān liǎngge rén zài lùshàng xiāngyù Zhū Xī kànjiàn

盛 溫和 手上 提著 一個 竹 籃子，於是 就 問
Shèng Wēnhé shǒushàng tízhe yíge zhú lánzi yúshì jiù wèn

他：「你 要 去 哪裡？」
tā nǐ yào qù nǎlǐ

盛 溫和 回答：「我 要 出門 買 東西。」
Shèng Wēnhé huídá wǒ yào chūmén mǎi dōngxi

朱熹 又 問 他：「你 爲什麼 說 買『東西』，而
Zhū Xī yòu wèn tā nǐ wèishéme shuō mǎi dōngxi ér

不是 說 買『南北』呢？」
búshì shuō mǎi nán běi ne

盛 溫和 問 朱熹：「那你 知道 什麼 是
Shèng Wēnhé wèn Zhū Xī nà nǐ zhīdào shéme shì

五行 嗎？」
wǔxíng ma

朱熹回答：「當然 知道！五行 就是 金、木、水、
Zhū Xī huídá dāngrán zhīdào wǔxíng jiùshì jīn mù shuǐ

火、土。東方 是 木、西方 是 金、南方 是 火、
huǒ tǔ dōngfāng shì mù xīfāng shì jīn nánfāng shì huǒ

北方 是 水、中 間 是 土。」
běifāng shì shuǐ zhōngjiān shì tǔ

盛 溫和 說：「這就 對啦！我 手 上 提著的是
Shèng Wēnhé shuō zhè jiù duìla wǒ shǒushàng tízhe de shì

竹籃子，竹籃子 裝 水 會 漏光， 裝 火 會
zhú lánzi zhú lánzi zhuāng shuǐ huì lòuguāng zhuāng huǒ huì

燒掉，只能 裝 金和木，所以 才 說 買『東西』，
shāodiào zhǐnéng zhuāng jīn hàn mù suǒyǐ cái shuō mǎi dōngxi

而 不 說 買『南北』啊！」
ér bù shuō mǎi nán běi a

(二)問題
wèntí

＿＿＿＿ 1. 為什麼說買「東西」，而不說買「南北」？
(A) 盛溫和想買一個叫做「東西」的物品
(B) 東方是木，西方是金，竹籃子可以裝木頭和金子
(C) 市場在東邊和西邊
(D) 竹籃子是在東邊的市場買的

＿＿＿＿ 2. 請問「有意思」是什麼意思？
(A) 無聊
(B) 有意義
(C) 有趣
(D) 重要

＿＿＿＿ 3. 哪一個是對的？
(A) 朱熹和盛溫和是好朋友
(B) 朱熹要出門買東西
(C) 盛溫和要去買金子和木頭
(D) 朱熹不知道什麼是「五行」

＿＿＿＿ 4. 「是……而不是……」可以填入下面哪個句子？
(A) ＿＿ 這次失敗了，＿＿ 他還是不想放棄
(B) 他 ＿＿ 個性好，＿＿ 功課也很好
(C) 我想喝的 ＿＿ 紅茶，＿＿ 咖啡
(D) ＿＿ 天氣不好，＿＿ 沒辦法出去玩了

＿＿＿＿ 5. 選出對的
a.吃□　b.看□　c.丟□　　d.打□
(A) a.完　b.見　c.掉　d.開
(B) a.掉　b.開　c.見　d.完
(C) a.見　b.掉　c.開　d.完
(D) a.掉　b.完　c.開　d.見

㈢生 詞
shēngcí

	生詞	漢語拼音	文意解釋
1	而	ér	pero
2	關於	guānyú	sobre
3	有意思	yǒuyìsi	interesante
4	相遇	xiāngyù	encontrarse
5	竹籃子	zhú lánzi	canasta de bambú, cesta de bambú
6	五行	wǔxíng	metal（金）, madera（木）, agua（水）, fuego（火）y tierra（土）--los cincos elementos básicos de la antigua filosofía china.
7	裝	zhuāng	cargar, empacar
8	漏	lòu	gotear, tener fugas
9	燒	shāo	quemar

三十. 真話 與 假話
zhēnhuà yǔ jiǎhuà

(一)短文
duǎnwén

王 天 明 到 埃及 自助 旅行，可是 他 在 沙漠 中
Wáng Tiānmíng dào Āijí zìzhù lǚxíng kěshì tā zài shāmò zhōng

迷路了。他 看不懂 地圖，不 知道 該 怎麼 走。太陽
mílù le tā kànbùdǒng dìtú bù zhīdào gāi zěnme zǒu tàiyáng

很大，天氣 非常 熱，他的 肚子 也 非 常 餓。就在他
hěn dà tiānqì fēicháng rè tā de dùzi yě fēicháng è jiùzài tā

快要 走不下去 的 時候，他 的 面 前 出 現了一個
kuàiyào zǒubúxiàqù de shíhòu tā de miànqián chūxiànle yíge

胖子跟 一個 瘦子。 兩個人的 手 上 都 拿著
pàngzi gēn yíge shòuzi liǎngge rén de shǒushàng dōu názhe

食物 和 水。王 天 明 希望 這 兩個人可以 幫 幫
shíwù hàn shuǐ Wáng Tiānmíng xīwàng zhè liǎngge rén kěyǐ bāngbang

他，給他 一點 水 跟 食物。可是 胖子 跟 瘦子 都
tā gěi tā yìdiǎn shuǐ gēn shíwù kěshì pàngzi gēn shòuzi dōu

告訴 天 明，他們 兩個 人 一個 人 說 的 話 是
gàosù Tiānmíng tāmen liǎngge rén yíge rén shuō de huà shì

真 話，一個 人 說 的 話 不是 真 話，不能 相 信。
zhēnhuà yíge rén shuō de huà búshì zhēnhuà bùnéng xiāngxìn

而且他們 其中 一個人拿 的 食物 跟 水 是 不能
érqiě tāmen qízhōng yíge rén ná de shíwù gēn shuǐ shì bùnéng

吃 跟 不能 喝的，如果 不 小心 吃了，可能 會
chī gēn bùnéng hē de rúguǒ bù xiǎoxīn chī le kěnéng huì

生病，還 可能 會死掉。王 天明 必須 問 他們
shēngbìng hái kěnéng huì sǐdiào Wáng Tiānmíng bìxū wèn tāmen

問題，才能 得到 乾淨 的 食物 和 水。王 天 明
wèntí cáinéng dédào gānjìng de shíwù hàn shuǐ Wáng Tiānmíng

想了一下，然後 問 胖子：「今天是 晴天 嗎？」
xiǎngle yíxià ránhòu wèn pàngzi jīntiān shì qíngtiān ma

胖子 回答：「是的。」 王 天 明 又問 胖子：「你
pàngzi huídá shì de Wáng Tiānmíng yòu wèn pàngzi nǐ

的 食物 可以 吃嗎？」胖子 回答：「可以。」
de shíwù kěyǐ chī ma pàngzi huídá kěyǐ

你覺得胖子 的食物 和 水 是 乾淨 的嗎？
nǐ juéde pàngzi de shíwù hàn shuǐ shì gānjìng de ma

(二)問題 wèntí

——————— 1. 王天明跟誰一起去埃及旅行？
　　(A) 自己一個人去
　　(B) 家人
　　(C) 胖子和瘦子
　　(D) 好朋友

——————— 2. 「迷路」是什麼意思？
　　(A) 不知道對的路應該怎麼走
　　(B) 走路走太多了
　　(C) 覺得肚子很餓，口很渴
　　(D) 覺得天氣太熱

——————— 3. 「也」這個詞可以放在哪個□裡面？
　　(A) 我喜歡喝汽水，□喜歡喝咖啡。
　　(B) 我□媽媽昨天一起去公園玩。
　　(C) 我吃了蘋果□西瓜。
　　(D) 中文□英文我都喜歡。

——————— 4. 如果吃到「不能吃的食物」可能不會發生什麼事情？
　　(A) 生病
　　(B) 死亡
　　(C) 迷路
　　(D) 上面的答案都不對

——————— 5. 哪一個正確？
　　(A) 胖子的食物跟水不乾淨
　　(B) 胖子和瘦子說的話都不能相信
　　(C) 今天不是晴天
　　(D) 胖子說的話是真話

(三)生 詞
shēngcí

	生詞	漢語拼音	文意解釋
1	埃及	Āijí	Egipto
2	沙漠	shāmò	desierto
3	迷路	mílù	extraviarse, perderse
4	面前	miànqián	en frente de, en cara de, delante de
5	出現	chūxiàn	aparecer
6	胖子	pàngzi	persona gorda
7	瘦子	shòuzi	persona delgada
8	死	sǐ	morir

三十一. 東西 掉 了
dōngxi diào le

（一）短 文
duǎnwén

親愛 的 同 學 大家 好：
qīnài de tóngxué dàjiā hǎo

　昨天　中 午我 在 餐廳 弄 丟了 錢包。
zuótiān zhōngwǔ wǒ zài cāntīng nòngdiūle qiánbāo

那是 一個 藍色、上 面　有　很多 星星
nàshì yíge lánsè shàngmiàn yǒu hěnduō xīngxing

圖案 的 錢包，裡面 有 我 的 學 生　證、
túàn de qiánbāo lǐmiàn yǒu wǒ de xuéshēngzhèng

護 照 和 五百多 元　的 現金，請 大家　幫
hùzhào hàn wǔbǎiduō yuán de xiànjīn qǐng dàjiā bāng

我　找　找 看。
wǒ zhǎozhǎokàn

　這個 錢 包 對我 來 說 特別　重 要，
zhèige qiánbāo duì wǒ láishuō tèbié zhòngyào

因為它是 我媽媽 送 給我的 生日禮物，
yīnwèi tā shì wǒ māma sòng gěi wǒ de shēngrì lǐwù

所以我希望 能 快點把它 找回來。
suǒyǐ wǒ xīwàng néng kuàidiǎn bǎ tā zhǎohuílái

如果你 找到了錢包，請 通知我，為了
rúguǒ nǐ zhǎodàole qiánbāo qǐng tōngzhī wǒ wèile

表達我的謝意，我會 請你吃一頓午餐。
biǎodá wǒ de xièyì wǒ huì qǐng nǐ chī yídùn wǔcān

謝謝！
xièxie

聯絡 方式：王 同 學 0912-345000
liánluò fāngshì Wáng tóngxué

（二）問題
wèntí

───── 1. 王同學為什麼要寫這篇短文？
　　(A) 想找回他的錢包
　　(B) 想買到這個錢包
　　(C) 想找他的媽媽
　　(D) 認識新朋友

───── 2. 下面哪一個是王同學的錢包
　　(A)　　　　　(B)　　　　　(C)　　　　　(D)

───── 3. 為什麼這個錢包很重要
　　(A) 錢包很貴
　　(B) 錢包是朋友送的
　　(C) 錢包的樣子很漂亮
　　(D) 錢包是媽媽送的禮物

───── 4.「五百多元」可以指下面哪一個？
　　(A) 498元
　　(B) 528元
　　(C) 620元
　　(D) 500元

───── 5. 下面哪一句的「特別」和「這個錢包對我來說特別重要」的
　　　「特別」是一樣的意思？
　　(A) 我收到了一份「特別」的生日禮物。
　　(B) 明天就要去旅行了，大家今天都「特別」高興。
　　(C) 你今天看起來很「特別」，是不是剪頭髮了。
　　(D) 這是一本很「特別」的書。

	生詞	漢語拼音	文意解釋
1	錢包	qiánbāo	monedero, billetera
2	圖案	túàn	diseño
3	護照	hùzhào	pasaporte
4	現金	xiànjīn	dinero en efectivo
5	特別	tèbié	especial, especialmente
6	通知	tōngzhī	notificar, anunciar, avisar
7	表達	biǎodá	expresar
8	謝意	xièyì	agradecimiento, gratitud
9	頓	dùn	clasificador para las comidas

三十二. 我 的 家庭
wǒ de jiātíng

（一）短 文
duǎnwén

我 的 家裡 有 爸爸、媽媽 和 兩個可愛的 妹妹。
wǒ de jiālǐ yǒu bàba māma hàn liǎngge kěài de mèimei

我們 家 以前 住 在 臺中，五年 前，我們 從 臺中
women jiā yǐqián zhù zài Táizhōng wǔnián qián wǒmen cóng Táizhōng

搬 到 臺北。我 本來 不太喜歡 臺北，因爲臺北不但
bān dào Táiběi wǒ běnlái bú tài xǐhuān Táiběi yīnwèi Táiběi búdàn

有 很多 車子，而且 空氣不好、 東西 又 貴、公園
yǒu hěnduō chēzi érqiě kōngqì bù hǎo dōngxi yòu guì gōngyuán

又不多。我 很 想 念 臺中 的 家，還有 臺中 的
yòu bù duō wǒ hěn xiǎngniàn Táizhōng de jiā háiyǒu Táizhōng de

好 朋 友。
hǎopéngyǒu

後來，媽媽 生了一對 雙胞胎， 也 就 是 我
hòulái māma shēngle yíduì shuāngbāotāi yě jiù shì wǒ

兩個 可愛 的 妹妹，我 才 覺得 生 活 變得有趣了。
liǎngge kěài de mèimei wǒ cái juéde shēnghuó biànde yǒuqù le

我 每天 放學 回家，最 喜歡 做 的 事情，就是 跟
wǒ měitiān fàngxué huíjiā zuì xǐhuān zuò de shìqíng jiùshì gēn

妹妹們 玩。週末 的 時候，爸爸 也 常 常 帶我們
mèimeimen wán zhōumò de shíhòu bàba yě chángcháng dài wǒmen

出去 玩。我 在 學校 慢 慢的 認識了許多 新 朋友，
chūqù wán　wǒ zài xuéxiào mànmànde rènshìle xǔduō xīn péngyǒu

我們　常 常 一起 讀書、寫 功課、聊天。
wǒmen chángcháng yìqǐ dúshū　xiě gōngkè liáotiān

現在，我 每天 都 覺得 很 開心。雖然我 想 念
xiànzài　wǒ měitiān dōu juéde hěn kāixīn　suīrán wǒ xiǎngniàn

臺中 的 朋 友，但是 我 也 喜歡 上 臺北了。
Táizhōng de péngyǒu　dànshì wǒ yě xǐhuān shàng Táiběi le

(二)問題
wèntí

＿＿＿＿ 1. 他的家裡一共有幾個人？
　　　　(A) 七個人
　　　　(B) 六個人
　　　　(C) 五個人
　　　　(D) 四個人

＿＿＿＿ 2. 他為什麼本來不太喜歡臺北？
　　　　(A) 臺北的車子不多
　　　　(B) 臺北的空氣很好
　　　　(C) 臺北的東西很便宜
　　　　(D) 臺北的公園很少

＿＿＿＿ 3. 哪個句子的意思和「我才覺得生活變得有趣了」一樣？
　　　　(A) 我才覺得生活變得無聊了
　　　　(B) 我才覺得生活變得有意思了
　　　　(C) 我才覺得生活變得忙碌了
　　　　(D) 我才覺得生活變得辛苦了

———— 4. 他放學回家最喜歡做的事情是什麼？

(A) 跟妹妹們玩

(B) 跟爸媽聊天

(C) 跟同學一起寫功課

(D) 跟朋友一起讀書

———— 5. 哪一個正確？

(A) 他的爸爸每天都帶他們出去玩

(B) 他現在不喜歡臺北

(C) 他想念臺中的朋友

(D) 他覺得臺北的生活很無聊

三 生 詞 shēngcí

	生詞	漢語拼音	文意解釋
1	臺中	Táizhōng	Ciudad localizada en el centro oeste de Taiwan
2	臺北	Táiběi	Capital de la República de China
3	本來	běnlái	originalmente
4	車子	chēzi	vehículo
5	而且	érqiě	pero también
6	想念	xiǎngniàn	extrañar, echar de menos, añorar
7	對	duì	clasificador para pares
8	雙胞胎	shuāngbāotāi	gemelos
9	放學	fàngxué	salir de la escuela

三十三．好好先生
hǎo hǎo xiān shēng

㈠短文 duǎnwén

很久以前，有一個人叫司馬徽，因爲那個時候
hěnjiǔ yǐqián yǒu yíge rén jiào Sīmǎ Huī yīnwèi nà ge shíhòu

的社會很混亂，他怕說了不對的話會得罪人，
de shèhuì hěn hùnluàn tā pà shuōle búduì de huà huì dézuì rén

所以不管什麼人、什麼事，他都說：「好，好！」
suǒyǐ bùguǎn shéme rén shéme shì tā dōu shuō hǎo hǎo

有一次，有一個人問他：「你的身體健康
yǒu yícì yǒu yíge rén wèn tā nǐ de shēntǐ jiànkāng

嗎？」司馬徽回答：「好！」又有一次，有一個
ma Sīmǎ Huī huídá hǎo yòu yǒu yícì yǒu yíge

朋友到家裡來，他很傷心地說自己的兒子
péngyǒu dào jiālǐ lái tā hěn shāngxīn de shuō zìjǐ de érzi

死了，司馬徽聽了，也回答：「好！」等朋友走
sǐ le Sīmǎ Huī tīngle yě huídá hǎo děng péngyǒu zǒu

了以後，司馬徽的太太臉紅脖子粗地跟他
le yǐhòu Sīmǎ Huī de tàitai liǎn hóng bó zi cū de gēn tā

說：「你是他的朋友，朋友的兒子死了，你不
shuō nǐ shì tā de péngyǒu péngyǒu de érzi sǐ le nǐ bú

但不安慰他，反而還說『好』，太不應該了！」
dàn bù ānwèi tā fǎnér hái shuō hǎo tài bùyīnggāi le

沒 想 到 司馬 徽 回答：「好，妳 的 話 太好 了！」這
méixiǎngdào Sīmǎ Huī huídá　　hǎo　nǐ de huà tàihǎo le　　zhè

就是「好 好 先 生」的 故事。後來 人們 就 稱 呼
jiùshì　hǎo hǎo xiān shēng　de gùshì　hòulái rénmen jiù chēng hū

那些 不 堅持 原則、不敢 得罪 別人 的 人 叫 做
nàxiē bù jiānchí yuánzé bùgǎn dézuì biérén de　rén jiào zuò

「好 好 先 生」。
　hǎo hǎo　xiān shēng

(二)問題
wèntí

──── 1. 爲什麼大家叫司馬徽「好好先生」？

    (A) 他長得很好看

    (B) 他只會寫「好」這個字

    (C) 他有很多錢

    (D) 不管別人說什麼，他都說「好」

──── 2. 爲什麼司馬徽的太太會「臉紅脖子粗」？

    (A) 因爲她很熱

    (B) 因爲朋友的兒子死了

    (C) 因爲司馬徽說了不對的話

    (D) 因爲朋友來找他聊天

──── 3. 「臉紅脖子粗」是什麼意思？

    (A) 傷心

    (B) 生氣

    (C) 高興

    (D) 生病

_____ 4. 請問「太不應該了」是什麼意思？

    (A) 不應該這樣做

    (B) 做不到的事情

    (C) 做的事情是對的

    (D) 可能的意思

_____ 5. 下面哪一句的「都」和「不管什麼人、什麼事，他都說『好！』」的「都」是一樣的意思？

    (A) 你居然連這麼簡單的問題都不會

    (B) 臺北是一個美麗的都市

    (C) 我們都喜歡楊老師的中文課

    (D) 你怎麼這麼晚來，電影都結束了

(三) 生 詞
shēngcí

	生詞	漢語拼音	文意解釋
1	社會	shèhuì	sociedad, comunidad
2	混亂	hùnluàn	desorden, caos
3	得罪	dézuì	ofender
4	傷心	shāngxīn	triste, de corazón roto
5	臉紅脖子粗	liǎn hóng bó zi cū	tener la cara roja de la ira o del entusiasmo
6	安慰	ānwèi	consolar, consuelo, confortar
7	反而	fǎnér	en lugar de, al contrario
8	好好先生	hǎo hǎo xiān shēng	alguien que trata de no ofender a nadie
9	稱呼	chēnghū	forma de dirigirse, denominación
10	堅持	jiānchí	insistir, persistencia, persistir
11	原則	yuánzé	principio

三十四. 臺北 公車 與 捷運
Táiběi gōngchē yǔ jiéyùn

臺北 是 臺灣「大眾交通工具」最 發達 的
Táiběi shì Táiwān dàzhòngjiāotōnggōngjù zuì fādá de

地方。住在 臺北 的人，不會 開車、不會 騎機車也
dìfāng zhùzài Táiběi de rén búhuì kāichē búhuì qíjīchē yě

沒關係。他們 還是 可以 靠著 大眾交通工具去
méiguānxi tāmen háishì kěyǐ kàozhe dàzhòngjiāotōnggōngjù qù

臺北各個 地方。
Táiběi gège dìfāng

臺北有 很多 公車，坐公車 的費用很便宜，
Táiběi yǒu hěnduō gōngchē zuò gōngchē de fèiyòng hěn piányí

一次 15 元。
yícì yuán

如果你是 有悠遊卡的學 生，一次只 需要12 元
rúguǒ nǐ shì yǒu yōuyóukǎ de xuéshēng yícì zhǐ xūyào yuán

呢！如果 你 覺得 坐 公車 太 慢了，你 可以 選擇
ne rúguǒ nǐ juéde zuò gōngchē tài màn le nǐ kěyǐ xuǎnzé

坐捷運。臺北 捷運 到 現在（2011年）一共 有 83 個
zuòjiéyùn Táiběi jiéyùn dào xiànzài nián yígòng yǒu ge

車 站。捷運一小時可以跑 80 公里，你可以很快地
chēzhàn jiéyùn yì xiǎoshí kěyǐ pǎo gōnglǐ nǐ kěyǐ hěnkuàide

到你 想 要去的地方。
dào nǐ xiǎngyào qù de dìfāng

車站 裡面 非常 乾淨，因爲在 車站 裡面 不能
chēzhàn lǐmiàn fēicháng gānjìng yīnwèi zài chēzhàn lǐmiàn bùnéng

吃 東西、喝 飲料。車 站 裡面 還有 冷氣，所以天氣
chī dōngxi hē yǐnliào chēzhàn lǐmiàn háiyǒu lěngqì suǒyǐ tiānqì

熱 的時候 坐 捷運非常 舒服。
rè de shíhòu zuò jiéyùn fēicháng shūfú

不過，坐 捷運 的 費用 貴了 一些，最 便宜 的
búguò zuò jiéyùn de fèiyòng guì le yìxiē zuì piányí de

票價 需要20元。 如果 你 要 去 的 地方 比較 遠，
piàojià xūyào yuán rúguǒ nǐ yào qù de dìfāng bǐjiào yuǎn

需要 的 費用會 更多。
xūyào de fèiyòng huì gèngduō

看 完了介 紹，你 比較 喜歡 坐 公車 還是
kànwánle jièshào nǐ bǐjiào xǐhuān zuò gōngchē háishì

捷運 呢？
jiéyùn ne

(二)問題
wèntí

_____ 1. 這篇文章介紹了幾種「大眾交通工具」？

(A) 1

(B) 2

(C) 3

(D) 4

———— 2. 這篇文章應該是什麼時候寫好的？

(A) 2009

(B) 2010

(C) 2011

(D) 文章沒有說

———— 3. 哪個正確？

(A) 坐捷運比坐公車便宜

(B) 坐公車比坐捷運慢

(C) 學生用悠遊卡坐公車，需要15元

(D) 坐公車只需要20元

———— 4. 哪個不是捷運的好處？

(A) 快

(B) 乾淨

(C) 便宜

(D) 舒服

———— 5. 「如果」這個詞可以放在哪個□□裡面？

(A) □□你喜歡看書，你可以去圖書館。

(B) □□我太晚起床，所以我今天上學遲到了。

(C) □□我很努力念書，可是我還是考不好。

(D) □□我喜歡中文，但是我不喜歡寫漢字。

三 生 詞
shēngcí

	生詞	漢語拼音	文意解釋
1	臺北	Táiběi	la ciudad más grande de Taiwan siendo también la capital
2	臺灣	Táiwān	República de China, más conocido como Taiwán

	生詞	漢語拼音	文意解釋
3	大眾交通工具	dàzhòngjiāo tōnggōngjù	transporte público
4	發達	fādá	desarrollado, floreciente
5	機車	jīchē	motocicleta
6	靠	kào	depender de
7	其他	qítā	otros, el resto
8	費用	fèiyòng	costo, gasto
9	悠遊卡	yōuyóukǎ	EasyCard, es una tarjeta electromagnética que es utilizada para pagar transportes en Taiwán, ya sea en el MRT como en los autobuses.
10	車站	chēzhàn	estación de tren o de bus
11	公里	gōnglǐ	kilómetro

三十五．履歷
lǚlì

(一) 短文
duǎnwén

寄件人：李大同〔abc@coldmail.com〕	
收件人：英文教學中心〔ET123@coldmail.com〕	
時間：Mon, 18 Jul 2011 17:52:35	
標題：履歷	

自我 介紹：
zìwǒ jièshào

你好，我 的 名字 叫 李 大同。從 小 我 就 對
nǐhǎo wǒ de míngzi jiào Lǐ Dàtóng cóngxiǎo wǒ jiù duì

英文 有 很大 的 興趣，以前 念書 的 時候， 成績
yīngwén yǒu hěndà de xìngqù yǐqián niànshū de shíhòu chéngjī

最好 的 科目 也 是 英 文。我 大學 進入了 英 文系，
zuìhǎo de kēmù yě shì yīngwén wǒ dàxué jìnrùle yīngwén xì

畢業之後 擔任 過 兩 年 的 英文 老師。我 有 空
bìyè zhīhòu dānrèn guò liǎngnián de yīngwén lǎoshī wǒ yǒukòng

的 時候 也 喜歡 練習 英 文，像 看 英 文 書、英 文
de shíhòu yě xǐhuān liànxí yīngwén xiàng kàn yīngwén shū yīngwén

報紙 等，只要 一有 機會，我 就想 接觸 英文。
bàozhǐ děng zhǐyào yìyǒu jīhuì wǒ jiùxiǎn jiēchù yīngwén

我　希望　可以　得到　這個　機會，讓　我　擔任
wǒ　xīwàng　kěyǐ　dédào　zhèige　jīhuì　ràng　wǒ　dānrèn

你們　學　校　的　英文　老師。如果　我　得到了　這　分
nǐmen　xuéxiào　de　yīngwén　lǎoshī　rúguǒ　wǒ　dédàole　zhèfèn

工　作，我　一定　會　努力　教學，讓　每一個　學　生
gōngzuò　wǒ　yídìng　huì　nǔlì　jiāoxué　ràng　měiyíge　xuéshēng

都　能　開心地　學　英文。
dōu　néng　kāixīn de　xué　yīngwén

（二）問題
wèntí

_____ 1. 什麼時候可以用到這張表？
　　　　(A) 買東西
　　　　(B) 做菜
　　　　(C) 寫作業
　　　　(D) 找工作

_____ 2. 李大同想當什麼？
　　　　(A) 警察
　　　　(B) 老師
　　　　(C) 學生
　　　　(D) 護士

_____ 3. 下面哪一個是對的？
　　　　(A) 大學的時候，李大同才對英文有興趣
　　　　(B) 李大同當過英文老師
　　　　(C) 李大同的英文不好
　　　　(D) 李大同不喜歡英文

_____ 4.「只要一有機會，我就想接觸英文」這句話的意思，下列哪一個是對的？

(A) 不喜歡英文的意思

(B) 有機會，也不想接觸英文

(C) 如果有機會，就想多接觸英文

(D) 沒有機會接觸英文

_____ 5.「我喜歡的食物很多，例如……」，下面哪一個不可以放進句子裡？

(A) 運動

(B) 包子

(C) 餅乾

(D) 蛋糕

(三) 生 詞
shēngcí

	生詞	漢語拼音	文意解釋
1	履歷	lǚlì	currículum vitae, historial
2	興趣	xìngqù	interés
3	成績	chéngjī	calificación, resultado
4	科目	kēmù	materia, curso
5	大學	dàxué	universidad, facultad
6	畢業	bìyè	graduarse
7	擔任	dānrèn	ocupar cargo de, asumir funciones como
8	練習	liànxí	practicar
9	只要	zhǐyào	aunque sólo sea, siempre y cuando
10	機會	jīhuì	oportunidad, ocasión
11	接觸	jiēchù	contactar, ponerse en contacto con
12	教學	jiāoxué	enseñanza

三十六．鬼月 禁忌
guǐyuè jìnjì

(一)短文
duǎnwén

你 怕 鬼 嗎？你 相信 世界上 有鬼 嗎？每 年
nǐ pà guǐ ma nǐ xiāngxìn shìjièshàng yǒu guǐ ma měinián

農曆 的 七月，是 臺灣 的 鬼月。臺灣人 在 鬼月 有
nónglì de qīyuè shì Táiwān de guǐyuè Táiwānrén zài guǐyuè yǒu

很 多「禁忌」。以下 就 介紹 幾個 鬼月 的 禁忌：
hěnduō jìnjì yǐxià jiù jièshào jǐge guǐyuè de jìnjì

1. 不可以 玩 水，否則 在 海裡 或是 河裡 的
   bùkěyǐ wánshuǐ fǒuzé zài hǎilǐ huòshì hélǐ de

   「好 兄 弟」，也就是 水裡的「鬼」，會 來 跟 你
   hǎoxiōngdì yějiùshì shuǐlǐ de guǐ huì lái gēn nǐ

   一起 玩，你 就 容易 因此 發生 危險。
   yìqǐ wán nǐ jiù róngyì yīncǐ fāshēng wéixiǎn

2. 不可以 在 晚上 的 時候 用 照 相機，否則
   bùkěyǐ zài wǎnshàng de shíhòu yòng zhàoxiàngjī fǒuzé

   「好 兄 弟」容易 出現 在 你的 照片裡。
   hǎoxiōngdì róngyì chūxiàn zài nǐ de zhàopiànlǐ

3. 不要 隨便 靠在 牆 上 或是 站在 大樹下，
   búyào suíbiàn kàozài qiángshàng huòshì zhànzài dàshùxià

   因爲「好 兄 弟」沒事 的 時候，最喜歡 在 牆 上
   yīnwèi hǎoxiōngdì méishì de shíhòu zuìxǐhuān zài qiángshàng

或是 大樹下 休息。
huòshì dàshùxià xiūxí

4.在 郊外 如果 好像 聽到 有人 在 叫你的
zài jiāowài rúguǒ hǎoxiàng tīngdào yǒurén zài jiào nǐ de

名字，不可以 回頭，因爲 可能 是「好兄弟」們
míngzi bùkěyǐ huítóu yīnwè kěnéng shì hǎoxiōngdì men

在 叫你。
zài jiàonǐ

5.晚上 在郊外的 時候 也 不要 隨便 叫別人的
wǎnshàng zài jiāowài de shíhòu yě búyào suíbiàn jiào biérén de

名字。無論是回頭或是隨便 叫別人的名字，
míngzi wúlùn shì huítóu huòshì suíbiàn jiào biérén de míngzi

都 可能 會 發生 不好的 事情。
dōu kěnéng huì fāshēng bùhǎo de shìqíng

看完了 這些 禁忌以後，你 相 信 嗎？
kànwánle zhèxiē jìnjì yǐhòu nǐ xiāngxìn ma

（二）問題
wèntí

———— 1. 什麼是「禁忌」？
　　(A) 不可以做的事情
　　(B) 別人的名字
　　(C) 水裡的鬼
　　(D) 以上都不對

_____ 2.「好兄弟」是什麼？

(A) 好的哥哥和好的弟弟

(B) 很好的朋友

(C) 鬼

(D) 爸爸的弟弟

_____ 3.「無論」這個詞可以放在哪個□□裡面？

(A) □□你不喜歡我，我現在就可以離開。

(B) □□我太晚離開家裡，所以我沒坐到八點的公車。

(C) □□天天運動，你會很健康。

(D) □□是蘋果或是西瓜，我都喜歡吃。

_____ 4.「鬼」可能比較不喜歡哪個地方？

(A) 大樹下

(B) 太陽下

(C) 海裡

(D) 牆上

_____ 5. 哪一個是錯的？

(A)「鬼月禁忌」的意思就是「在鬼月不可以做的事情」

(B) 每年農曆的七月，是臺灣的鬼月

(C)「好兄弟」最喜歡在牆壁上或是大樹下休息

(D) 晚上在郊外可以叫別人的名字，但是不可以回頭

(三) 生 詞
shēngcí

	生詞	漢語拼音	文意解釋
1	鬼月	guǐyuè	mes del fantasma
2	禁忌	jìnjì	tabú
3	農曆	nónglì	calendario lunar, calendario tradicional chino

	生詞	漢語拼音	文意解釋
4	臺灣	Táiwān	República de China, más conocido como Taiwán
5	鬼	guǐ	fantasma
6	以下	yǐxià	por debajo de, siguiente
7	好兄弟	hǎoxiōngdì	En Taiwán, fantamas sin descendientes para cuidarles son llamados eufemísticamente de `buenos hermanos`
8	因此	yīncǐ	así, por lo tanto
9	否則	fǒuzé	de lo contrario, si no
10	靠	kào	depender
11	回頭	huítóu	voltearse, darse la vuelta

三十七. 貓頭鷹蹲
māotóuyīng dūn

(一)短文
duǎnwén

很多人都喜歡上網，因爲網路上
hěnduō rén dōu xǐhuān shàngwǎng yīnwèi wǎnglùshàng

常常流行著很多有趣的東西。
chángcháng liúxíngzhe hěnduō yǒuqù de dōngxi

最近，網路上開始流行一種「貓頭鷹
zuìjìn wǎnglùshàng kāishǐ liúxíng yìzhǒng māotóuyīng

蹲」(Owling)的照片。「貓頭鷹蹲」的意思是
dūn de zhàopiàn māotóuyīng dūn de yìsi shì

蹲在地上看著前面的照相姿勢。因爲這樣
dūn zài dìshàng kànzhe qiánmiàn de zhàoxiàng zīshì yīnwèi zhèyàng

很像貓頭鷹的樣子，所以才叫做「貓頭鷹
hěn xiàng māotóuyīng de yàngzi suǒyǐ cái jiàozuò māotóuyīng

蹲」。
dūn

「貓頭鷹蹲」的動作比較簡單，所以容易
māotóuyīng dūn de dòngzuò bǐjiào jiǎndān suǒyǐ róngyì

學習，很多人就在意想不到的地方拍照。蹲的
xuéxí hěnduō rén jiù zài yìxiǎngbúdào de dìfāng pāizhào dūn de

地方除了地上以外，還有很多特別的地方。
dìfāng chúle dìshàng yǐwài háiyǒu hěnduō tèbié de dìfāng

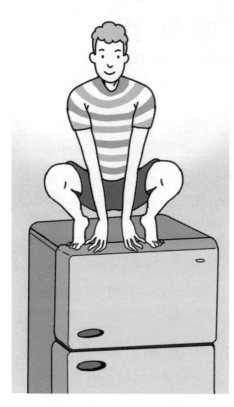

像是 有的人會 蹲在
xiàngshì yǒuderén huì dūn zài

家裡的 冰箱 上、路邊的
jiālǐ de bīngxiāngshàng lùbiānde

紅綠燈 上，甚至是
hónglǜdēngshàng shènzhì shì

公園裡的 雕像 上。
gōngyuánlǐ de diāoxiàngshàng

任何你 想得到 的地方，
rènhé nǐ xiǎngdedào de dìfāng

都 可能是 拍照的
dōu kěnéng shì pāizhào de

地點。
dìdiǎn

當 你 走 在 路上 的 時候，如果 看到 有人 蹲
dāng nǐ zǒu zài lùshàng de shíhòu rúguǒ kàndào yǒu rén dūn

在 地上 什麼 都 不做，不用 覺得 驚訝，因為
zài dìshàng shéme dōu búzuò búyòng juéde jīngyà yīnwèi

他可能 正在 做「貓頭鷹 蹲」！
tā kěnéng zhèngzài zuò māotóuyīng dūn

(二)問題
wèntí

_____ 1. 會叫做「貓頭鷹蹲」，是因為貓頭鷹的？

　　(A) 聲音

　　(B) 樣子

　　(C) 大小

　　(D) 顏色

_____ 2. 哪個地方最可能是「貓頭鷹蹲」拍照的地方？

　　(A) 桌子

　　(B) 汽車

　　(C) 電視機

　　(D) 都有可能

_____ 3. 哪一個是對的？

　　(A)「貓頭鷹蹲」已經流行很久了

　　(B)「貓頭鷹蹲」的地方只能在桌子上

　　(C)「貓頭鷹蹲」的動作很簡單

　　(D) 很多人都不喜歡上網，因為太無聊了

_____ 4. 「意想不到」的意思是？

　　(A) 忘記了

　　(B) 很想念

　　(C) 想很久

　　(D) 想不到

_____ 5. 「甚至」不可以放進下面哪一個句子的□□裡？

　　(A) 他不把房間打掃乾淨，而且還弄得更亂，□□太讓人生氣了。

　　(B) 大同很愛乾淨，□□是地上的一根頭髮，他也要打掃乾淨。

　　(C) 晚上太安靜了，□□連走路的聲音都聽得見。

　　(D) 這次的考試太難了，大家都考不好，□□還有人拿到零分。

(三) 生 詞
shēngcí

	生詞	漢語拼音	文意解釋
1	網路	wǎnglù	internet, red
2	流行	liúxíng	estar a la moda
3	蹲	dūn	ponerse en cuchillas
4	照相	zhàoxiàng	tomar una fotografía
5	姿勢	zīshì	gesto, postura
6	貓頭鷹	māotóuyīng	búho
7	動作	dòngzuò	movimiento, acción
8	意想不到	yìxiǎngbúdào	inesperado
9	除了	chúle	además de, excepto
10	以外	yǐwài	fuera de, salvo
11	甚至	shènzhì	incluso
12	雕像	diāoxiàng	estatua
13	任何	rènhé	cualquiera
14	地點	dìdiǎn	lugar, sitio
15	驚訝	jīngyà	sorprendido

三十八. 臺灣 小孩 學 英 文
Táiwān xiǎohái xué yīngwén

㈠短文
duǎnwén

你學 中文 多久了呢？關於 學習 語言，有
nǐ xué zhōngwén duōjiǔ le ne guānyú xuéxí yǔyán yǒu

一個 有趣 的 小故事。
yíge yǒuqù de xiǎogùshì

從前，有 一個 爸爸 想要 讓 他的 兒子學會
cóngqián yǒu yíge bàba xiǎngyào ràng tā de érzi xuéhuì

英文。於是，他 找了一位 美國 的 老師來 教他。
yīngwén yúshì tā zhǎole yíwèi Měiguó de lǎoshī lái jiāo tā

老師 天天 教他的兒子 說 英文，但是 下課
lǎoshī tiāntiān jiào tā de érzi shuō yīngwén dànshì xiàkè

之後，所有的人 都 還是 跟 小孩 說 中文，
zhīhòu suǒyǒu de rén dōu háishì gēn xiǎohái shuō zhōngwén

所以 他 一直 無法 學 得 很好。
suǒyǐ tā yìzhí wúfǎ xué de hěnhǎo

雖然 這個人天天 都打他的兒子，希望他能
suīrán zhèige rén tiāntiān dōu dǎ tā de érzi xīwàng tā néng

學 得 好，但是 一點 都 沒有 用。
xué de hǎo dànshì yìdiǎn dōu méiyǒu yòng

後來，這個人 把 他的 兒子帶到美 國，他很快
hòulái zhèige rén bǎ tā de érzi dàidào Měiguó tā hěnkuài

就 學會了 英文。這個 時候 如果 要求 他 說
jiù xuéhuìle yīngwén zhèige shíhòu rúguǒ yāoqiú tā shuō

中文，反而 就 沒 那麼 簡單 了。
zhōngwén fǎnér jiù méi nàme jiǎndān le

這個 故事 的 意思 是 指 環境 對 一個 人 的
zhèige gùshì de yìsi shì zhǐ huánjìng duì yíge rén de

影響 很大，如果 我們 想要 學會 一種 語言，
yǐngxiǎng hěndà rúguǒ wǒmen xiǎngyào xuéhuì yìzhǒng yǔyán

最 好 的 方法 就是 生活 在 使用 那個 語言 的
zuì hǎo de fāngfǎ jiùshì shēnghuó zài shǐyòng nàge yǔyán de

環境 中。
huánjìng zhōng

(二)問題
wèntí

———— 1. 為什麼小孩剛開始英文學得不好？

　　(A) 老師教得不好

　　(B) 沒有人跟他說話

　　(C) 大家一直跟他說中文

　　(D) 小孩不努力學習

———— 2. 為什麼小孩到了美國之後，很快就會說英文了？

　　(A) 爸爸一直打他

　　(B) 美國的老師比較好

　　(C) 他忘記怎麼說中文了

　　(D) 很多時候可以說英文

_____ 3. 短文告訴我們，如果學習新東西，什麼是最重要的？

      (A) 國家

      (B) 環境

      (C) 爸爸

      (D) 老師

_____ 4. 哪一個是對的？

      (A) 小孩最後英文學得好，是因為老師的關係

      (B) 因為爸爸打了小孩，所以小孩的英文才變好

      (C) 爸爸幫小孩找了一位臺灣的老師

      (D) 因為爸爸帶小孩到美國，所以小孩的英文變好了

_____ 5. 「反而」可以填放進下面哪一個句子的□□裡？

      (A) 如果生病不好好休息，病不但不會好，□□還會變得更不好。

      (B) 雖然這件衣服很舊了，□□還是很好穿。

      (C) 半年不見，你不但長高，□□還變胖了。

      (D) 為了明天的考試，我今天晚上□□要努力念書。

(三) 生詞 shēngcí

	生詞	漢語拼音	文意解釋
1	關於	guānyú	acerca de, sobre
2	美國	Měiguó	Estados Unidos de América
3	無法	wúfǎ	incapaz, que no puede
4	打	dǎ	pegar, golpear
5	要求	yāoqiú	solicitar, requerir
6	反而	fǎnér	en lugar de, al contrario
7	環境	huánjìng	ambiente
8	影響	yǐngxiǎng	influencia, efecto
9	生活	shēnghuó	vida, vivir
10	使用	shǐyòng	usar
11	練習	liànxí	practicar
12	進步	jìnbù	avanzar, progresar

三十九．三人 成虎
sān rén chéng hǔ

(一)短文
duǎnwén

龐恭是 中 國 戰國 時代 魏國 的 大臣。
Pánggōng shì Zhōngguó Zhànguóshídài Wèiguó de dàchén

有一天，魏 王 要 求 他 跟 魏 王 的 兒子 到
yǒuyìtiān Wèiwáng yāoqiú tā gēn Wèiwáng de érzi dào

趙 國 去 生 活。
Zhàoguó qù shēnghuó

龐 恭 要 離開 以前，問 魏王 說：「如果 有
Pánggōng yào líkāi yǐqián wèn Wèiwáng shuō rúguǒ yǒu

一個人 告訴您：路上 有一隻 老虎，您會 相 信
yíge rén gàosù nín lùshàng yǒu yìzhī lǎohǔ nín huì xiāngxìn

嗎？」
ma

魏 王 說：「不會。」龐 恭 又 問：「如果 有
Wèiwáng shuō búhuì Pánggōng yòu wèn rúguǒ yǒu

第二 個 人 告訴您，路上 有一隻老虎，您會 相
dìèr ge rén gàosù nín lùshàng yǒu yìzhī lǎohǔ nín huì xiāng

信 嗎？」
xìn ma

魏王 說：「我會半信半疑。」龐 恭 又 再
Wèiwáng shuō wǒ huì bàn xìn bàn yí Pánggōng yòu zài

問：「如果有第三個人跑來告訴您，路上有
wèn rúguǒ yǒu dìsān ge rén pǎolái gàosù nín lùshàng yǒu

一隻老虎，您會相信嗎？」
yìzhī lǎohǔ nín huì xiāngxìn ma

魏王回答：「我想我會相信。」龐恭
Wèiwáng huídá wǒ xiǎng wǒ huì xiāngxìn Pánggōng

說：「大家都知道，路上這麼熱鬧的地方，
shuō dàjiā dōu zhīdào lùshàng zhème rènào de dìfāng

不可能會有老虎。可是如果有三個人都
bù kěnéng huì yǒu lǎohǔ kěshì rúguǒ yǒu sānge rén dōu

告訴您路上有老虎，您就會相信了。
gàosù nín lùshàng yǒu lǎohǔ nín jiùhuì xiāngxìn le

我現在要到趙國去，如果有人在我不在
wǒ xiànzài yào dào Zhàoguó qù rúguǒ yǒu rén zài wǒ búzài

的時候，跟您說我的壞話，希望您千萬
de shíhòu gēn nín shuō wǒ de huàihuà xīwàng nín qiānwàn

不要相信。」
búyào xiāngxìn

這就是成語「三人成虎」的故事。
zhè jiùshì chéngyǔ sān rén chéng hǔ de gùshì

意思是：雖然是假的事情，可是如果被大家一說
yìsi shì suīrán shì jiǎ de shìqíng kěshì rúguǒ bèi dàjiā yì shuō

再說，別人也會相信那是真的。
zài shuō biérén yě huì xiāngxìn nà shì zhēn de

(二)問題
wèntí

———— 1. 為什麼魏王第一個問題回答：「不會」？
   (A) 因為只有一個人說路上有老虎
   (B) 因為魏王看到路上沒有老虎
   (C) 因為魏王不相信別人
   (D) 因為魏王只相信龐恭說的話

———— 2. 為什麼龐恭要問魏王三次同樣的問題？
   (A) 希望自己離開後，魏王能相信自己
   (B) 希望魏王不要說他的壞話
   (C) 希望魏王知道路上有老虎
   (D) 希望魏王知道他不想去趙國

———— 3. 哪個句子用的「可是」是對的？
   (A) 雖然你喜歡運動，「可是」你可以去打籃球。
   (B) 雖然我太晚起床，「可是」我今天上班沒有遲到。
   (C) 「可是」我喜歡吃蘋果，還喜歡吃西瓜。
   (D) 「可是」我喜歡英文，我也喜歡寫英文字。

———— 4. 哪一個是對的？
   (A) 魏王要跟兒子去趙國
   (B) 如果有一個人說路上有老虎，魏王會相信
   (C) 魏王不會相信路上有老虎
   (D) 龐恭是魏國的大臣

_____ 5. 哪個有「三人成虎」的句子是不對的？

(A)王小姐沒有結婚。可是那時候很多人告訴我她結婚了，所以「三人成虎」，我相信王小姐結婚了。

(B)林老師家有三個孩子。每次有客人來的時候，三個孩子就會「三人成虎」地歡迎客人。

(C)我不相信教室會有一隻狗，但是「三人成虎」，大家都這麼說，我就相信了。

(D)以上都對

(三)生 詞
shēngcí

	生詞詞	漢語拼音	文意解釋
1	戰國時代	Zhànguóshídài	periodo de los Reinos Combatientes (en la antigua China)
2	魏國	Wèiguó	Reino de Wei (durante periodo de los Reinos Combatientes)
3	大臣	dàchén	ministro de una monarquía
4	魏王	Wèiwáng	rey del Reino de Wei
5	要求	yāoqiú	solicitar, requerir
6	趙國	Zhàoguó	Reino de Zhao (durante periodo de los Reinos Combatientes)
7	老虎	lǎohǔ	tigre
8	半信半疑	bàn xìn bàn yí	dudoso, estar entre creer y sospechar
9	壞話	huàihuà	palabras crueles
10	千萬	qiānwàn	asegurarse de
11	成語	chéngyǔ	modismo, frase hecha
12	三人成虎	sān rén chéng hǔ	Tres personas equivale a un tigre. Significa que una calumnia les haría creer a los demás si se repite por muchas veces.

四十. 嫦娥奔月
Chángé bēn yuè

(一)短文
duǎnwén

從前，天上有十個太陽，這十個太陽
cóngqián tiānshàng yǒu shíge tàiyáng zhè shíge tàiyáng

都是天神的兒子。本來一天只能出現一個
dōushì tiānshén de érzi běnlái yìtiān zhǐnéng chūxiàn yíge

太陽，但是他們很頑皮，決定十個太陽
tàiyáng dànshì tāmen hěn wánpí juédìng shíge tàiyáng

一起出現。
yìqǐ chūxiàn

因為十個太陽一起出現，所以溫度變得
yīnwèi shíge tàiyáng yìqǐ chūxiàn suǒyǐ wēndù biànde

很高，河都乾了，到處都發生火災。很多人
hěn gāo hé dōu gān le dàochù dōu fāshēng huǒzāi hěnduō rén

生活得很辛苦，所以找了后羿來幫忙。后
shēnghuóde hěn xīnkǔ suǒyǐ zhǎole Hòuyì lái bāngmáng Hòu

羿射箭的技術很好，他射下了九個太陽，大家
yì shèjiàn de jìshù hěnhǎo tā shèxiàle jiǔge tàiyáng dàjiā

終於又可以過著正常的日子了。
zhōngyú yòu kěyǐ guòzhe zhèngcháng de rìzi le

天帝知道這件事情後很生氣，於是他
tiāndì zhīdào zhè jiàn shìqíng hòu hěn shēngqì yúshì tā

把 后 羿 和 他 的 妻子 嫦娥 送 到 人間。后 羿 不
bǎ Hòuyì hé tā de qīzi Chángé sòngdào rénjiān Hòuyì bù

想 像 凡 人 一樣 會 慢 慢 變老，於是 他 向 另
xiǎng xiàng fánrén yíyàng huì mànmàn biàn lǎo yúshì tā xiàng lìng

一個 神 仙 求了 仙藥。這 種 仙藥 吃了 就 可以
yíge shénxiān qiúle xiānyào zhèzhǒng xiānyào chīle jiù kěyǐ

永 遠 年 輕，不會 變老，但 是 后 羿 捨 不 得 留
yǒngyuǎn niánqīng búhuì biànlǎo dànshì Hòuyì shěbùdé liú

下 嫦 娥 一個人，所以 讓 嫦 娥 把藥 收 起來。
xià Chángé yíge rén suǒyǐ ràng Chángé bǎ yào shōuqǐlái

嫦 娥 心裡 想：「仙 藥 只有 一顆，我 和 后 羿 一
Chángé xīnlǐ xiǎng xiānyào zhǐ yǒu yìkē wǒ hàn Hòuyì yì

人 吃 一半 可以 永遠
rén chī yíbàn kěyǐ yǒngyuǎn

年 輕，不知道 全部 吃掉
niánqīng bù zhīdào quánbù chīdiào

可 不 可以 重 新 當 神仙
kě bù kěyǐ chóngxīn dāng shénxiān

呢？」於 是 她 偷 偷 地
ne yú shì tā tōutōu de

把藥 都 吃光了，後來
bǎ yào dōu chīguāngle hòulái

她 就 飛到 月 亮 上，
tā jiù fēidào yuèliàngshàng

永 遠 留 在 那裡 了。
yǒngyuǎn liú zài nàlǐ le

(二)問題
wèntí

_____ 1. 為什麼那時候溫度變得很高，到處都是火災？
   (A) 壞人到處放火
   (B) 天上沒有太陽
   (C) 天上太多太陽了
   (D) 夏天太長了

_____ 2. 為什麼后羿想要得到仙藥？
   (A) 他想要把太陽射下來
   (B) 他不想變老
   (C) 他想要變成天帝
   (D) 他想要送給嫦娥當禮物

_____ 3. 哪一個是對的？
   (A) 天帝很高興，因為后羿幫了人類的忙
   (B) 仙藥全部有兩顆
   (C) 后羿射下了八個太陽
   (D) 最後嫦娥一個人飛到月亮上了

_____ 4. 「大同是班上最高的學生，小明希望能像大同一樣高」，哪個
   是對的？
   (A) 小明比大同矮
   (B) 班上還有人比大同高
   (C) 小明比大同高
   (D) 小明不喜歡大同的身高

_____ 5. a. 日子過太□了，沒想到一年就這樣過去了
   b. 這件衣服太□了，我穿不下，請幫我再換一件
   c. 夏天到了，外面的溫度總是很□
   d. 這碗飯太□了，我吃不下
   (A) a.慢，b.大，c.低，d.多
   (B) a.快，b.小，c.高，d.多
   (C) a.慢，b.大，c.低，d.少
   (D) a.快，b.小，c.高，d.少

(三) 生　詞
shēngcí

	生詞	漢語拼音	文意解釋
1	天神	tiānshén	dioses
2	頑皮	wánpí	travieso
3	溫度	wēndù	temperatura
4	乾	gān	seco
5	火災	huǒzāi	incendio
6	射箭	shèjiàn	tiro con arco y flecha
7	技術	jìshù	técnica, habilidad
8	妻子	qīzi	esposa
9	人間	rénjiān	mundo humano
10	凡人	fánrén	persona común y corriente, mortal, terrícola
11	神仙	shénxiān	ser sobrenatural, ser celestial
12	仙藥	xiānyào	remedio para todas las enfermedades y dificultades
13	捨不得	shěbùdé	(estimar tanto de) no querer separarse de o no querer dar a los demás
14	重新	chóngxīn	otra vez, nuevamente, de nuevo

四十一. 問候 信
wènhòu xìn

㈠ 短 文
duǎnwén

楊 老 師：
Yáng lǎoshī

　　我 到 臺 灣 已 經 兩 個 月 了，所 有 的 事
wǒ dào Táiwān yǐjīng liǎngge yuè le suǒyǒu de shì

情 都 很 好。
qíng dōu hěn hǎo

　　我 在 大 學 裡 學 習 中 文，老師 和 同 學
wǒ zài dàxué lǐ xuéxí zhōngwén lǎoshī hàn tóngxué

人 都 很 好，大 家 都 很 照 顧 我。我 的 室 友
rén dōu hěn hǎo dàjiā dōu hěn zhàogù wǒ wǒ de shìyǒu

是 日 本 人，他 學 了 五 年 的 中 文，常 常
shì Rìběn rén tā xuéle wǔnián de zhōngwén chángcháng

教 我 很 多 我 不 懂 的 地 方，所 以 我 的
jiāo wǒ hěn duō wǒ bù dǒng de dìfāng suǒyǐ wǒ de

中 文 進 步 得 很 快。
zhōng wén jìnbùde hěn kuài

　　下 課 之 後，我 們 常 常 一 起 去 看
xiàkè zhī hòu wǒmen chángcháng yìqǐ qù kàn

電影、運動 和 逛 夜市。夜市裡 有 很多
diànyǐng yùndòng hé guàng yèshì   yèshìlǐ yǒu hěnduō

美 味的 小吃，所以 我 胖了八 公斤，如果
měiwèi de xiǎochī suǒyǐ wǒ pàngle bā gōngjīn rúguǒ

你們 看到我 現在 的 模樣，應該 認不出
nǐmen kàn dào wǒ xiànzài de móyàng yīnggāi rèn bùchū

我了 吧！
wǒ le ba

同學 都 還 好嗎？再 過 三 個月，這裡
tóngxué dōu háihǎo mā zài guò sānge yuè zhèlǐ

的學習就 要 結束了，希望 能 快點 見到
de xuéxí jiù yào jiéshù le xīwàng néng kuàidiǎn jiàn dào

你 們。
nǐmen

建 華
Jiànhuá

(二) 問題
wèntí

_____ 1. 建華一共在臺灣留多久？
   (A) 兩個月
   (B) 三個月
   (C) 四個月
   (D) 五個月

_____ 2. 建華到臺灣是因為什麼？
   (A) 看電影
   (B) 學習語言
   (C) 做運動
   (D) 交朋友

_____ 3. 下面哪一個不是建華和室友下課後常去的地方？
   (A) 郵局
   (B) 體育館
   (C) 夜市
   (D) 電影院

_____ 4. 下面哪一句「應該」的意思和「應該認不出我了吧」是一樣的？
   (A) 你應該把作業寫完再出去玩。
   (B) 你真不應該這麼做。
   (C) 明天應該會下雨，記得帶把傘。
   (D) 他這麼努力，得到第一名是應該的。

_____ 5. 下面哪一個是錯的？
   (A) 老師和同學都對建華很好
   (B) 建華不喜歡夜市的食物
   (C) 建華室友的中文很好
   (D) 建華希望能快點回家

㈢生 詞
shēngcí

	生詞	漢語拼音	文意解釋
1	問候	wènhòu	enviar saludos a, saludar
2	大學	dàxué	universidad, facultad
3	照顧	zhàogù	cuidar
4	室友	shìyǒu	compañero de cuarto
5	日本人	Rìběn rén	japonés(persona)
6	進步	jìnbù	avanzar, progresar
7	電影	diànyǐng	película
8	運動	yùndòng	deporte
9	夜市	yèshì	mercado nocturno
10	美味	měiwèi	delicioso
11	小吃	xiǎochī	aperitivo
12	胖	pàng	gordo
13	模樣	móyàng	apariencia de una persona
14	認不出	rènbùchū	no poder reconocer
15	結束	jiéshù	terminar, finalizar, concluir

四十二. 十二生肖
shíèrshēngxiào

（一）短文
duǎnwén

「十二生肖」是中國傳統的記年方
shíèrshēngxiào shì Zhōngguó chuántǒng de jì nián fāng

式，意思是用十二種不同的動物來紀錄年
shì yìsi shì yòng shíèrzhǒng bùtóng de dòngwù lái jìlù nián

分，這十二種動物是：鼠、牛、虎、兔、龍、
fèn zhè shíèr zhǒng dòngwù shì shǔ niú hǔ tù lóng

蛇、馬、羊、猴、雞、狗、豬。
shé mǎ yáng hóu jī gǒu zhū

你知道為什麼在十二生肖中沒有
nǐ zhīdào wèishéme zài shíèrshēngxiào zhōng méiyǒu

貓？而老鼠為什麼是第一名嗎？
māo ér lǎoshǔ wèishéme shì dìyī míng ma

很久以前的某一天，玉皇大帝決定要舉辦
hěnjiǔ yǐqián de mǒu yìtiān Yùhuáng dàdì juédìng yào jǔbàn

一場過河比賽，先到終點的前十二種
yìchǎng guòhé bǐsài xiāndào zhōngdiǎn de qián shíèr zhǒng

動物就可以被選為十二生肖。
dòngwù jiù kěyǐ bèi xuǎn wéi shíèrshēngxiào

那個時候，老鼠和貓還是好朋友，在比
nàge shíhòu lǎoshǔ hàn māo háishì hǎo péngyǒu zài bǐ

賽的 前一天，他們 討論 過河 的 方法，貓　説：
sài de qián yìtiān　tāmen tǎolùn guòhé de fāngfǎ māo shuō

「我們 可以 請 會 游泳 的 牛 背 我們 過去，他
wǒmen kěyǐ qǐng huì yóuyǒng de niú bēi wǒmen guòqù tā

這麼 善良，一定 會 幫助 我們 的。」
zhème shànliáng yídìng huì bāngzhù wǒmen de

　　第二天當 牛 背著 老鼠 和貓 快到 終
dìèr tiān dāng niú bēizhe lǎoshǔ hé māo kuài dào zhōng

點 的 時候，奸 詐 的 老鼠 就 把 貓 推進 河裡，
diǎn de shíhòu jiānzhà de lǎoshǔ jiù bǎ māo tuījìn hélǐ

自己 從 牛 的 頭上　往 前 一 跳，反而 得到了
zìjǐ cóng niú de tóushàng wǎngqián yí tiào fǎnér dédàole

比賽 的 第一名。從 此，貓 一 看 見 老鼠 就 特
bǐsài de dìyīmíng cóngcǐ māo yíkànjiàn lǎoshǔ jiù tè

別 生 氣，老鼠 一 見 到 貓 就要 跑，從 那個
bié shēngqì lǎoshǔ yí jiàndào māo jiùyào pǎo cóng nàge

時候 開始 老鼠 跟 貓 就 變 成 仇人 了。
shíhòu kāishǐ lǎoshǔ gēn māo jiù biànchéng chóurén le

鼠
shǔ

牛
niú

虎
hǔ

兔
tù

龍
lóng

蛇
shé

馬
mǎ

羊
yáng

猴
hóu

雞
jī

狗
gǒu

豬
zhū

(二) 問題
wèntí

_____ 1. 2011年是兔年，請問2013年是？

(A) 牛年

(B) 龍年

(C) 蛇年

(D) 虎年

_____ 2. 「十二生肖」是用來記錄？

(A) 月

(B) 年

(C) 日

(D) 星期

_____ 3. 為什麼貓這麼討厭老鼠？

(A) 因為老鼠太奸詐了

(B) 老鼠跑太快，貓追不上

(C) 牛不想背貓渡河

(D) 貓不想讓老鼠得到第一名

_____ 4. 下面哪一句的「反而」是對的？

(A) 他每天努力念書，這次考試「反而」得到了第一名。

(B) 今天天氣這麼好，「反而」要出去玩。

(C) 休息了三天，他的病「反而」好了。

(D) 雖然失敗了，但她並不難過，「反而」更努力。

_____ 5. 下面哪一句的「特別」和「貓一看見老鼠就特別生氣」是一樣的？

(A) 今天是一個特別的日子。

(B) 這本書很特別，你一定要看看。

(C) 我的頭今天痛得特別厲害。

(D) 有什麼特別的事發生嗎？

(三) 生 詞
shēngcí

	生詞	漢語拼音	文意解釋
1	十二生肖	shíèrshēngxiào	zodiáco chino
2	傳統	chuántǒng	tradicional
3	方式	fāngshì	manera, modo
4	紀錄	jìlù	récord
5	年分	niánfèn	año particular
6	鼠	shǔ	ratón
7	牛	niú	buey
8	虎	hǔ	tigre
9	兔	tù	conejo
10	龍	lóng	dragón
11	蛇	shé	serpiente
12	猴	hóu	mono
13	雞	jī	gallo
14	玉皇大帝	Yùhuáng dàdì	Emperador de Jade
15	舉辦	jǔbàn	celebrar, organizar
16	終點	zhōngdiǎn	punto final
17	游泳	yóuyǒng	nadar
18	善良	shànliáng	de buen corazón
19	奸詐	jiānzhà	fraudulento, artero
20	反而	fǎnér	en lugar de, al contrario
21	仇人	chóurén	enemigo

四十三. 世界 麵包 冠軍——吳 寶 春
shìjiè miànbāo guànjūn　　Wú Bǎochūn

(一)短 文
duǎnwén

你喜歡 吃 麵包 嗎?如果 你喜歡 吃麵包,
nǐ xǐhuān chī miànbāo ma　rúguǒ nǐ xǐhuān chī miànbāo

那你一定 不能 不知道 吳 寶 春。他 是 臺灣
nà nǐ yídìng bùnéng bùzhīdào Wú Bǎochūn tā shì Táiwān

一位 很有 名 的 麵包 師傅,他 打敗了 十六個
yíwèi hěn yǒumíng de miànbāo shīfù tā dǎbàile shíliùge

國家的 三 十二位 選 手,得 到了 世界 麵 包 比賽
guójiā de sānshíèrwèi xuǎnshǒu dédàole shìjiè miànbāo bǐsài

的 冠 軍。
de guànjūn

　　吳 寶 春 的 爸爸 過 世 得 很 早,他 從 小 和
Wú Bǎochūn de bàba guòshì de hěnzǎo tā cóngxiǎo hé

媽 媽一起 生 活。家裡沒有 很多錢,他的媽媽
māma yìqǐ shēnghuó jiālǐ méiyǒu hěnduō qián tā de māma

必 須 努力工 作 來 養 八個 孩子 長 大。
bìxū nǔlì gōngzuò lái yǎng bāge háizi zhǎngdà

　　吳 寶 春 因 爲 要 減 輕 家裡的 負擔,所以
Wú Bǎochūn yīnwèi yào jiǎnqīng jiālǐ de fùdān suǒyǐ

十六歲 就 離開 家裡到 麵 包 店 工作。
shíliùsuì jiù líkāi jiālǐ dào miànbāo diàn gōngzuò

吳　寶　春　靠　著　他　的　麵包　拿　到　了2010年　樂　斯
Wú Bǎochūn kàozhe　tā　de　miànbāo　nádàole　　　 nián lèsī

福盃 (Coupe Louise Lesaffre) 麵　包　比　賽　的　冠　軍。
fú bēi　　　　　　　　　　　　miànbāo bǐsài　de　guànjūn

他　常　常　　說「世界　有　多大，希望　就　有　多大」。
tā chángcháng shuō　shìjiè　yǒu　duōdà　xīwàng　jiù　yǒu　duōdà

他把自己　變　得　像　個　空　瓶子，不　停　的　學習。
tā bǎ　zìjǐ　　biànde xiàng　ge　kōng píngzi　　bùtíng　de　xuéxí

他　還　認　爲　自己　一　點　天　分　都　沒　有，所以　必　須
tā hái　rènwéi　zìjǐ　yìdiǎn tiānfèn dōu méiyǒu　suǒyǐ　bìxū

要比　別人　更　努力，而且　在　努力　的　時　候，他　才
yào bǐ biérén gèng nǔlì　　érqiě zài　nǔlì　de　shíhòu　tā cái

發現　人　的　潛力　原　來　這　麼　大。每個人　都　有
fāxiàn rén de　qiánlì　yuánlái zhème　dà　měigerén　dōu　yǒu

無　限　的　可　能，所以　一定　不　能　小　看　自己！
wúxiàn　de　kěnéng　suǒyǐ yídìng　bùnéng　xiǎokàn　zìjǐ

(二)問題
wèntí

_____ 1. 看完上面的短文，吳寶春是一個怎樣的人？
　　　　(A) 運氣很好的人
　　　　(B) 害怕辛苦的人
　　　　(C) 有天分又努力學習的人
　　　　(D) 努力學習的人

_____ 2. 哪一個是對的？

(A) 吳寶春二十歲之後才到麵包店賺錢

(B) 吳寶春不認為自己很聰明

(C) 吳寶春沒有兄弟姊妹

(D) 吳寶春在麵包比賽中得到了第二名

_____ 3. 吳寶春把自己當作是一個「空瓶子」，是什麼意思？

(A) 空瓶子是他媽媽送的禮物

(B) 做麵包一定要用到空瓶子

(C) 空瓶子可以裝進很多東西，就像他不斷地學習一樣

(D) 他很努力賺錢，而且把賺的錢都放進空瓶子裡

_____ 4. 「不能不知道」是什麼意思？

(A) 不說也應該知道

(B) 不知道也沒關係

(C) 一定要知道

(D) 一定不知道

_____ 5. 「一點天分都沒有」是什麼意思？

(A) 很有天分

(B) 非常有天分

(C) 完全沒有天分

(D) 只有一點天分

(三) 生詞
shēngcí

	生詞	漢語拼音	文意解釋
1	師傅	shīfù	Obrero calificado, o el nombre que se le da a un extraño que tiene habilidades como ser el conductor de un vehículo, el panadero...
2	打敗	dǎbài	derrotar

	生詞	漢語拼音	文意解釋
3	選手	xuǎnshǒu	concursante
4	冠軍	guànjūn	campeón
5	過世	guòshì	morir
6	養	yǎng	criar, alimentar, cultivar
7	減輕	jiǎnqīng	aliviar, mitigar
8	負擔	fùdān	soportar, llevar a cabo; carga, peso
9	學徒	xuétú	aprendiz
10	變	biàn	cambiar, convertirse
11	空	kōng	vacío
12	天分	tiānfèn	talento, habilidad
13	潛力	qiánlì	potencial
14	無限	wúxiàn	ilimitado
15	可能	kěnéng	ser posible, probablemente
16	小看	xiǎokàn	subestimar

四十四．購物
gòuwù

短文
duǎnwén

我 的 名 字 叫 做 品 書。我 來 臺 灣 讀 書
wǒ de míngzi jiàozuò Pǐnshū wǒ lái Táiwān dúshū

已 經 三 個 月 了，我 覺 得 臺 灣 是 一 個 買 東 西
yǐjīngsānge yuè le wǒ juéde Táiwān shì yíge mǎi dōngxi

很 方 便 的 地 方，這 讓 喜 歡 逛 街 和 購 物
hěn fāngbiàn de dìfāng zhè ràng xǐhuān guàngjiē hàn gòuwù

的 我，非 常 開 心。
de wǒ fēicháng kāixīn

我 家 附 近 有 很 多 商 店，有 書 店、超 市，
wǒ jiā fùjìn yǒu hěnduō shāngdiàn yǒu shūdiàn chāoshì

還 有 百 貨 公 司。下 課 後 我 常 常 和 朋 友
hái yǒu bǎihuògōngsī xiàkè hòu wǒ chángcháng hàn péngyǒu

一 起 去 書 店 買 書。有 時 候 我 則 喜 歡 一 個 人
yìqǐ qù shūdiàn mǎi shū yǒu shíhòu wǒ zé xǐhuān yíge rén

去 超 市 買 晚 餐 的 材 料，常 常 一 個 不 小 心，
qù chāoshì mǎi wǎncān de cáiliào chángcháng yíge bùxiǎoxīn

就 拿 著 大 包 小 包 回 家。週 末 的 時 候，我 最
jiù názhe dàbāo xiǎobāo huíjiā zhōumò de shíhòu wǒ zuì

喜 歡 去 逛 百 貨 公 司 了，如 果 碰 到 打 折，
xǐhuān qù guàng bǎihuògōngsī le rúguǒ pèngdào dǎzhé

我 就 會 買 幾 件 漂 亮 的 衣 服。
wǒ jiùhuì mǎi jǐjiàn piàoliàng de yīfú

對 了！我 最 喜 歡 逛 的 還 有「二 手 市 場」，
duìle wǒ zuì xǐhuān guàng de háiyǒu èrshǒushìchǎng

市 場 裡 常 常 會 賣 很 多 特 別 的 東 西。
shìchǎng lǐ chángcháng huì mài hěnduō tèbié de dōngxi

雖 然 有 的 不 是 全 新 的 物 品，但 是 外 表 看
suīrán yǒude búshì quánxīn de wùpǐn dànshì wàibiǎo kàn

起 來 還 很 新，而 且 價 格 也 很 低。如 果 再 跟
qǐlái hái hěn xīn érqiě jiàgé yě hěn dī rúguǒ zài gēn

老 闆 殺 價，價 格 還 會 更 低。有 時 候 在 市 場
lǎobǎn shājià jiàgé hái huì gèng dī yǒu shíhòu zài shìchǎng

裡 逛 逛，常 常 可 以 發 現 很 多「物 超 所
lǐ guàngguàng chángcháng kěyǐ fāxiàn hěnduō wù chāo suǒ

値」的 東西，我的臺灣朋友說這就叫做
zhí de dōngxi wǒ de Táiwān péngyǒu shuō zhè jiù jiàozuò

「挖寶」，真是一個有趣的名字！
wābǎo zhēnshì yíge yǒuqù de míngzi

(二)問題 wèntí

_____ 1. 「二手市場」裡賣的是什麼東西？
   (A) 特別的東西
   (B) 全新的東西
   (C) 用過的東西
   (D) 看起來很漂亮的東西

_____ 2. 「殺價」是什麼意思？
   (A) 希望能買到全新的東西
   (B) 希望價格更高
   (C) 希望能買到特別的東西
   (D) 希望價格更低

_____ 3. 下面哪一個是對的？
   (A) 品書週末喜歡去逛百貨公司
   (B) 二手市場裡賣的東西看起來都很舊
   (C) 品書最喜歡逛書店
   (D) 二手市場裡賣的東西價格都很高

_____ 4. 「一個不小心」是什麼意思？
   (A) 很小心
   (B) 很危險
   (C) 沒有注意到
   (D) 希望趕快發生

───── 5. 「已經」可以放在下面哪一個句子的□□裡？

　　(A) 這個題目很難，我□□想到答案。

　　(B) 不能再吃了！我□□很飽了。

　　(C) 這麼巧！我□□才想到你，你就打電話來了。

　　(D) 我□□正要出門買東西，你和我一起去吧！

(三) 生 詞
shēngcí

	生詞	漢語拼音	文意解釋
1	東西	dōngxi	cosa, objeto
2	方便	fāngbiàn	conveniente
3	逛街	guàngjiē	ir de compras
4	購物	gòuwù	ir de compras
5	商店	shāngdiàn	tienda comercial
6	則	zé	entonces
7	材料	cáiliào	material
8	逛	guàng	pasear, vagar
9	百貨公司	bǎihuògōngsī	grandes almacenes
10	碰	pèng	encontrarse
11	打折	dǎzhé	vender con descuento, ofrecer un descuento
12	二手市場	èrshǒushìchǎng	mercado de segunda mano
13	外表	wàibiǎo	apariencia
14	價格	jiàgé	precio
15	殺價	shājià	regatear
16	物超所值	wùchāosuǒzhí	precio atractivo, buena relación calidad-precio

四十五．筷子
kuàizi

（一）短文
duǎnwén

中國人用「筷子」吃飯，與西方人使用
Zhōngguórén yòng kuàizi chīfàn yǔ xīfāngrén shǐyòng

刀子和叉子吃飯不一樣。對第一次使用筷子的
dāozi hé chāzi chīfàn bùyíyàng duì dìyīcì shǐyòng kuàizi de

外國人來說，這是一件非常不簡單的事情。
wàiguórén láishuō zhèshì yíjiàn fēicháng bù jiǎndān de shìqíng

但是你知道嗎？中國人使用筷子的歷史
dànshì nǐ zhīdào ma Zhōngguórén shǐyòng kuàizi de lìshǐ

已經有三千多年了，而且在最早的時候，
yǐjīng yǒu sānqiānduōnián le érqiě zài zuìzǎo de shíhòu

只有富有的人才可以使用筷子，一般的人
zhǐyǒu fùyǒu de rén cái kěyǐ shǐyòng kuàizi yìbān de rén

只能用手吃飯，所以「筷子」在那個時候代
zhǐnéng yòng hǒu chīfàn suǒyǐ kuàizi zài nàge shíhòu dài

表了身分和地位。
biǎole shēnfèn hé dìwèi

在不一樣的場合送「筷子」，也代表
zài bùyíyàng de chǎnghé sòng kuàizi yě dàibiǎo

不同的祝福。因為一雙筷子有兩根，
bù tóng de zhùfú yīnwèi yìshuāng kuàizi yǒu liǎng gēn

所以送情侶筷子有「成雙成對」，
suǒyǐ sòng qínglǚ kuàizi yǒu chéng shuāng chéng duì

永遠不分開的意思。
yǒngyuǎn bù fēn kāi de yìsi

又因為「筷」和「快」的發音一樣，「快」
yòu yīnwèi kuài hàn kuài de fāyīn yíyàng kuài

是快點的意思，所以送結婚的人筷子有
shì kuàidiǎn de yìsi suǒyǐ sòng jiéhūn de rén kuàizi yǒu

「快點生孩子」的意思；送滿月的小孩筷子，
kuàidiǎn shēng háizi de yìsi sòng mǎnyuè de xiǎohái kuàizi

則是希望他「快點長大」。
zéshì xīwàng tā kuàidiǎn zhǎngdà

(二)問題
wèntí

———— 1. 以前什麼樣的人才可以使用筷子？
　　　(A) 一般的人
　　　(B) 有錢的人
　　　(C) 聰明的
　　　(D) 每個人都可以使用

———— 2. 第一次使用筷子的外國人，覺得怎麼樣？
　　　(A) 很簡單
　　　(B) 很有趣
　　　(C) 很不容易
　　　(D) 很奇怪

———— 3. 為什麼送筷子給情侶，有「成雙成對」的意思？
　　　(A) 因為「筷」和「快」發音相同
　　　(B) 因為筷子的形狀細細長長的
　　　(C) 因為情侶吃飯都會用到筷子
　　　(D) 因為一雙筷子有兩根，必須一起使用，不能分開

———— 4. 「一雙」後面可以接下面哪一個名詞？
　　　(A) 傘
　　　(B) 眼鏡
　　　(C) 鞋子
　　　(D) 桌子

———— 5. 「對於」可以放進下面哪一個句子的□□裡？
　　　(A) 我今天看了一本□□學習中文的書。
　　　(B) 我□□這件事非常清楚。
　　　(C) □□你動作太慢，所以我們都遲到了。
　　　(D) □□你怎麼說，我都要這樣做。

（三）生 詞
shēngcí

	生詞	漢語拼音	文意解釋
1	筷子	kuàizi	palillos chinos
2	刀子	dāozi	cuchillo
3	叉子	chāzi	tenedor
4	歷史	lìshǐ	historia
5	富有	fùyǒu	rico, tener abundancia en
6	一般	yìbān	común, normal
7	代表	dàibiǎo	representante, representar
8	身分	shēnfèn	identidad
9	地位	dìwèi	posición social
10	場合	chǎnghé	ocasiones
11	祝福	zhùfú	buenos deseos, bendecir
12	情侶	qínglǚ	pareja, amantes
13	成雙成對	chéng shuāng chéng duì	formar una pareja
14	發音	fāyīn	pronunciación
15	滿月	mǎnyuè	un bebé (llega) al final del primer mes de vida; luna llena

四十六．情人節 趣事
Qíngrénjié qùshì

(一)短文
duǎnwén

今天是 情人節，也是一個重 要的日子，因
jīntiān shì Qíngrénjié yě shì yíge zhòngyào de rìzi yīn

爲我 想 準備一個驚喜向 我的女朋友求婚。
wèi wǒ xiǎng zhǔnbèi yíge jīngxǐ xiàng wǒ de nǚpéngyǒu qiúhūn

她最喜歡 的點心是 巧克力 蛋糕，所以我
tā zuì xǐhuān de diǎnxīn shì qiǎokèlì dàngāo suǒyǐ wǒ

就 把戒指偷 偷地藏在裡面，這樣 她吃蛋糕
jiù bǎ jièzhǐ tōutōu de cáng zài lǐmiàn zhèyàng tā chī dàngāo

的時 候，就會發現 我幫她準備的 禮物。
de shíhòu jiù huì fāxiàn wǒ bāng tā zhǔnbèi de lǐwù

爲了讓 她快點 找到戒指，於是我跟 她
wèile ràng tā kuàidiǎn zhǎodào jièzhǐ yú shì wǒ gēn tā

説：「親愛的，我們 來比賽，看 誰可以 先把蛋糕
shuō qīnàide wǒmen lái bǐsài kàn shéi kěyǐ xiān bǎ dàngāo

吃完。」沒有 想到她的肚子眞的很餓，大口大
chīwán méiyǒu xiǎngdào tā de dùzi zhēnde hěn è dà kǒu dà

口 的吃 蛋糕，居然也把戒指吃進肚子裡了！
kǒu de chī dàngāo jūrán yě bǎ jièzhǐ chījìn dùzilǐ le

最後，我們只好在醫院度過情人節，眞
zuìhòu wǒmen zhǐhǎo zài yīyuàn dù guò Qíngrénjié zhēn

是一點 都 不 浪 漫！而且她看到這枚戒指，也
shì yìdiǎn dōu bú làngmàn　érqiě tā kàndào zhè méi jièzhǐ　yě

已 經 是 三 天 後 的 事 情 了。
yǐjīng shì sāntiān hòu de shìqíng le

(二)問題
wèntí

─────── 1. 準備戒指是因為？

　　　(A) 贏得比賽的人可以得到戒指

　　　(B) 女朋友生日

　　　(C) 想跟女朋友求婚

　　　(D) 買巧克力蛋糕就送戒指

_____ 2. 請問「偷偷地藏在裡面」的「偷偷地」是什麼意思？

⑷ 告訴很多人

⑻ 很小心

⑼ 拿別人的東西

⑽ 不讓別人知道

_____ 3. 下面哪一個是對的？

⑷ 女朋友把戒指吞進肚子裡了

⑻ 女朋友馬上就收到了戒指，而且很喜歡

⑼ 女朋友不喜歡蛋糕

⑽ 他們度過了浪漫的情人節

_____ 4. 請問「沒想到」是什麼意思？

⑷ 題目很難，想不出答案

⑻ 本來想不到的事情發生了

⑼ 忘了事情

⑽ 已經想到的事情發生了

_____ 5. 請問「一點也不浪漫」是什麼意思？

⑷ 很不浪漫

⑻ 有一點浪漫

⑼ 很浪漫

⑽ 非常浪漫

三 生詞
shēngcí

	生詞	漢語拼音	文意解釋
1	情人節	Qíngrénjié	Día de San Valentín
2	重要	zhòngyào	importante
3	準備	zhǔnbèi	preparar, prepararse

	生詞	漢語拼音	文意解釋
4	驚喜	jīngxǐ	sorpresa
5	求婚	qiúhūn	pedir las mano
6	點心	diǎnxīn	aperitivos
7	巧克力蛋糕	qiǎokèlì dàngāo	pastel de chocolate
8	戒指	jièzhǐ	anillo
9	偷偷	tōutōu	secretamente
10	藏	cáng	esconder, ocultar
11	親愛	qīnài	querido, amado
12	比賽	bǐsài	competencia, partido
13	肚子	dùzi	estómago, panza
14	餓	è	hambre
15	居然	jūrán	inesperadamente, sorpresivamente
16	度過	dùguò	pasar (tiempo o etapa)
17	浪漫	làngmàn	romántico

四十七. 塞翁失馬
sài wēng shī mǎ

（一）短文
duǎnwén

很久以前，中國的邊疆附近有一個老人。
hěnjiǔ yǐqián Zhōngguó de biānjiāng fùjìn yǒu yíge lǎorén

他家的馬跑出去好幾天，都沒有跑回來。
tājiā de mǎ pǎochūqù hǎojǐ tiān dōu méiyǒu pǎo huílái

他的鄰居知道了，都去安慰他。
tā de línjū zhīdào le dōu qù ānwèi tā

老人說：「這沒什麼，說不定還會有好
lǎorén shuō zhè méishéme shuōbúdìng hái huì yǒu hǎo

事情發生呢！」
shìqíng fāshēng ne

後來，老人的馬跑回來了，有一匹好馬也跟
hòulái lǎorén de mǎ pǎo huílái le yǒu yìpī hǎomǎ yě gēn

著老人的馬一起回來。
zhe lǎorén de mǎ yìqǐ huílái

鄰居知道了，都跟老人說恭喜。
línjū zhīdào le dōu gēn lǎorén shuō gōngxǐ

老人回答：「這也沒什麼，不用太高興，
lǎorén huídá zhè yě méishéme búyòng tài gāoxìng

說不定以後會發生壞事呢！」
shuōbúdìng yǐhòu huì fāshēng huàishì ne

不久，老人 的 兒子騎馬 跌倒，腿 斷 了。
bùjiǔ lǎorén de érzi qímǎ diédǎo tuǐ duàn le

鄰居又 跑 去安慰 老人。
línjū yòu pǎo qù ānwèi lǎorén

老人 說：「腿 斷 了，說 不 定 是 好 事 呢！」
lǎorén shuō tuǐ duàn le shuōbúdìng shì hǎoshì ne

過了一年，邊 疆 附近發 生 戰 爭，很 多 人
guòle yìnián biānjiāng fùjìn fāshēng zhànzhēng hěnduō rén

都 因爲參加 戰 爭 而 死 掉了。老人的兒子 因爲
dōu yīnwèi cānjiā zhànzhēng ér sǐ diào le lǎorén de érzi yīnwèi

腿 斷 了，所以 幸 運 地 不用 去 參加 戰 爭。
tuǐ duàn le suǒyǐ xìngyùnde búyòng qù cānjiā zhànzhēng

這就是 成語「塞 翁 失 馬」的 故事。
zhè jiùshì chéngyǔ sài wēng shī mǎ de gùshì

意思 是：雖然 發 生 了 不 好 的 事情，但 也
yìsi shì suīrán fāshēngle bùhǎo de shìqíng dàn yě

因爲這 樣 而 得 到 了 好 處。
yīnwèi zhèyàng ér dédàole hǎochù

所以，好事未必就一 定 好，壞 事也不一 定
suǒyǐ hǎoshì wèibì jiù yídìng hǎo huàishì yě bù yídìng

就 不 好。
jiù bù hǎo

(二)問題
wèntí

_____ 1. 你覺得「安慰」在短文中是什麼意思？
　　(A) 請老人再買新的馬
　　(B) 希望老人身體健康
　　(C) 跟老人說對不起
　　(D) 請老人不要難過

_____ 2. 為什麼老人說：「這沒什麼」？
　　(A) 老人沒有馬了
　　(B) 老人覺得「馬跑走了」不是重要的事情
　　(C) 老人覺得跑走的馬不是好馬
　　(D) 老人想買新的馬

_____ 3. 老人的家裡一共發生了幾次不好的事情？
　　(A) 1
　　(B) 2
　　(C) 3
　　(D) 4

_____ 4. 你覺得什麼時候回答「這沒什麼！」比較好？
　　(A) 同學對你說：「謝謝你的幫忙！」
　　(B) 朋友告訴你：「我的爸爸昨天生病了。」
　　(C) 老師生氣地問你：「你怎麼沒有寫功課？」
　　(D) 媽媽問你：「你什麼時候要回家？」

_____ 5. 下面哪一個正確？
　　(A) 老人的馬沒有回來
　　(B) 老人的馬跑走了，老人覺得很難過
　　(C) 老人覺得腿斷了不一定是壞事
　　(D) 老人的兒子參加戰爭死掉了

(三) 生 詞
shēngcí

	生詞	漢語拼音	文意解釋
1	邊疆	biānjiāng	frontera
2	鄰居	línjū	vecino
3	安慰	ānwèi	consolar, confortar
4	沒什麼	méishéme	no importa, no pasa nada
5	說不定	shuōbúdìng	quizás, no se puede decir con certeza
6	匹	pī	palabra de medida para tela y cabello
7	不久	bùjiǔ	pronto, en poco tiempo
8	跌倒	diédǎo	caer, caerse
9	斷	duàn	romper, interrumpir
10	戰爭	zhànzhēng	guerra
11	幸運	xìngyùn	afortunado
12	成語	chéngyǔ	modismo, frase hecha
13	塞翁失馬	sài wēng shī mǎ	El anciano perdió su yegua (pero todo resultó bien). Beneficio disfrazado.
14	得到	dédào	conseguir, obtener
15	好處	hǎochù	beneficio
16	未必	wèibì	no necesariamente

四十八. 陳 樹菊
Chén Shùjú

(一)短文 duǎnwén

臺 灣 是 個 很 有 愛心 的 地方，你 知 道
Táiwān shì ge hěn yǒu àixīn de dìfāng nǐ zhīdào

陳 樹 菊 這 個 人 嗎？
Chén Shùjú zhè ge rén ma

陳 樹 菊 是2010年《時代 雜誌》「時代 百大 人
Chén Shùjú shì nián Shídài zázhì shídài bǎidà rén

物」中 的 其中 一位。她 是 臺灣 人，住 在 臺東。
wù zhōng de qízhōng yíwèi tā shì Táiwān rén zhùzài Táidōng

她13歲 的 時 候，媽媽 生 病 死掉了。
tā suì de shíhòu māma shēngbìng sǐdiào le

陳 樹 菊 是 家裡的「長 女」，所 以 她 決 定
Chén Shùjú shì jiālǐ de zhǎngnǚ suǒyǐ tā juédìng

不去 上 學，要 幫 忙 爸爸 工作。她 在 市 場
búqù shàngxué yào bāngmáng bàba gōngzuò tā zài shìchǎng

賣菜 賺 錢，讓 哥哥、弟弟 和 妹妹 可以 去 上 學。
màicài zhuànqián ràng gēge dìdi hé mèimei kěyǐ qù shàngxué

她 一天 工作19個 小 時，但 只 吃 一餐、只 花100
tā yìtiān gōngzuò ge xiǎoshí dàn zhǐ chī yìcān zhǐ huā

元。雖 然 她 沒 有 錢，而且 工 作 很 辛苦，可 是，
yuán suīrán tā méiyǒu qián érqiě gōngzuò hěn xīnkǔ kěshì

她還是會把自己的錢拿出來幫助別人。
tā háishì huì bǎ zìjǐ de qián náchūlái bāngzhù biérén

這麼多年來，她一共捐出了1,000萬元，
zhème duōnián lái tā yígòng juānchūle wàn yuán

幫助過沒有爸媽的孩子上學，也幫助了她
bāngzhù guò méiyǒu bàmā de háizi shàngxué yě bāngzhùle tā

念過的小學蓋圖書館。
niànguò de xiǎoxué gài túshūguǎn

當她知道她是《時代雜誌》的百大人物
dāng tā zhīdào tā shì Shídài zázhì de bǎidà rénwù

時，她說：「這不算什麼。」她希望以後
shí tā shuō zhè búsuàn shéme tā xīwàng yǐhòu

可以再存1,000萬元，讓沒有錢的人也可以看
kěyǐ zài cún wàn yuán ràng méiyǒu qián de rén yě kě yǐ kàn

醫生、有飯吃。
yīshēng yǒu fànchī

她認為：「錢，要給需要的人才有用。」
tā rènwéi qián yào gěi xūyào de rén cái yǒuyòng

(二)問題
wèntí

_____ 1. 什麼是「長女」？

(A) 爸媽的第一個兒子

(B) 爸媽的第二個女兒

(C) 爸媽的第一個女兒

(D) 爸媽的最高的女兒

_____ 2. 爲什麼陳樹菊不去上學？

(A) 她覺得自己很聰明

(B) 她不喜歡上學

(C) 她喜歡賣菜

(D) 她要幫忙她的爸爸賺錢

_____ 3. 爲什麼陳樹菊說「這不算什麼」？

(A) 她算不出來她有多少錢

(B) 她不想算她有多少錢

(C) 她不喜歡《時代》雜誌

(D) 她覺得人做好事是當然的

_____ 4. 陳樹菊還沒有做過哪件事情？

(A) 幫助小學蓋圖書館

(B) 幫助沒有錢的人看醫生

(C) 幫助沒有爸媽的孩子上學

(D) 幫助爸爸賣菜

_____ 5. 哪個句子用的「雖然」是對的？

(A) 雖然你喜歡運動，你可以去打籃球。

(B) 雖然我太晚起床，所以我今天上班遲到了。

(C) 我雖然喜歡吃蘋果，還喜歡吃西瓜。

(D) 雖然我喜歡英文，可是我不喜歡寫英文字。

(三) 生 詞
shēngcí

	生詞	漢語拼音	文意解釋
1	愛心	àixīn	afecto, cariño, simpatía, compasión
2	時代雜誌	Shídài zázhì	TIME, una revista americana.
3	時代百大人物	Shídài bǎidà rénwù	TIME 100 es una lista anual de las 100 personas con más influencia en el mundo
4	其中	qízhōng	entre ellos
5	臺灣	Táiwān	República de China, más bien conocido como Taiwán
6	臺東	Táidōng	una ciudad de Taiwán que está ubicada en el este del país.
7	死	sǐ	morir
8	長女	zhǎngnǚ	hija primogénita
9	賺錢	zhuànqián	hacer dinero, obtener beneficios
10	花	huā	gastar, costar
11	捐	juān	contribuir, donar
12	蓋	gài	construir
13	以來	yǐlái	desde, ya que
14	當	dāng	cuando, justo en
15	這不算什麼	zhè búsuàn shéme	Esto no es nada.
16	存	cún	ahorrar, depositar (dinero)

四十九．許記 生 煎 包
Xǔjì　shēngjiānbāo

(一)短 文
duǎnwén

來 到 臺北市 的「師 大 夜市」，你 非 吃「許記
láidào Táiběishì de Shīdà yèshì　nǐ fēi chī Xǔjì

生 　煎 包」不 可。
shēngjiānbāo　bùkě

「許記 生 煎 包」是 師 大 夜市 裡面 有 名 的
Xǔjì shēngjiānbāo shì Shīdà yèshì lǐmiàn yǒumíng de

小 吃。小 小 的 一 個 生 煎 包 裡面，有 高 麗菜 和
xiǎochī xiǎoxiǎo de yíge shēngjiānbāo lǐmiàn yǒu gāolícài hàn

豬 肉，上 面 還 有 白芝麻。很 多 客人 吃了 以 後，
zhūròu shàngmiàn háiyǒu báizhīmá hěnduō kèrén chīle yǐhòu

都 愛 上 它 的 味道，吃了 還 想 再 吃。
dōu àishàng tā de wèidào chīle hái xiǎng zài chī

「許記 生 煎 包」在 師 大 夜市 已 經 賣了 二十
Xǔjì shēngjiānbāo zài Shīdà yèshì yǐjīng màile èrshí

幾年了，每天的 生意都 很好，常 常 都 可以 看到
jǐnián le　měitiān de shēngyì dōu hěnhǎo chángcháng dōu kěyǐ kàndào

「大排 長 龍」的 客人 等 著 買 生 煎 包。
dà pái cháng lóng de kèrén děngzhe mǎi shēngjiānbāo

聽 說「許記 生 煎 包」一 天 大 約 可以 賣 一
tīngshuō Xǔjì shēngjiānbāo yìtiān dàyuē kěyǐ mài yì

千 個，老 闆 賣 完 就 休 息 了。
qiānge lǎobǎn màiwán jiù xiūxí le

如果 你 想 來 試試看 生 煎 包 的 味道，千
rúguǒ nǐ xiǎng lái shìshi kàn shēngjiānbāo de wèidào qiān

萬 不要太 晚 來，不 然 就 吃不到 好吃 的 生
wàn búyào tài wǎn lái bùrán jiù chībúdào hǎochī de shēng

煎 包 了！
jiānbāo le

(二)問題
wèntí

─────── 1. 什麼是「非吃許記生煎包不可」？
　　　(A) 一定要吃許記生煎包
　　　(B) 不可以吃許記生煎包
　　　(C) 可以不吃許記生煎包
　　　(D) 可以吃，也可以不吃許記生煎包

─────── 2. 哪個不是做「生煎包」會用到的東西？
　　　(A) 白芝麻
　　　(B) 高麗菜
　　　(C) 花生
　　　(D) 豬肉

─────── 3.「許記生煎包每天的生意都很好」的意思是？
　　　(A) 買生煎包的客人不多
　　　(B) 買生煎包的客人很少
　　　(C) 買生煎包的客人很多
　　　(D) 買生煎包的客人很好

_____ 4. 哪一個是錯的？

　　⑷ 師大夜市裡面有許記生煎包

　　⒝ 許記生煎包已經賣了二十幾年了

　　⒞ 客人吃了一次生煎包就不想再吃

　　⒟「許記生煎包」一天可以賣一千個

_____ 5. 哪個句子跟圖片的意思不一樣？

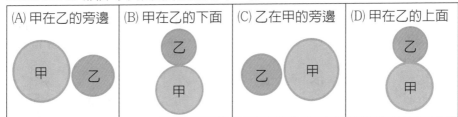

| ⑷ 甲在乙的旁邊 | ⒝ 甲在乙的下面 | ⒞ 乙在甲的旁邊 | ⒟ 甲在乙的上面 |

（三）生詞
shēngcí

	生詞	漢語拼音	文意解釋
1	臺北市	Táiběishì	Ciudad de Taipei
2	師大夜市	Shīdà yèshì	mercado nocturno Shida
3	非……不可	fēi ……bùkě	indispensable
4	許記生煎包	Xǔjì shēngjiānbāo	bollos fritos crudos de Xuji
5	有名	yǒumíng	famoso
6	小吃	xiǎochī	aperitivo
7	高麗菜	gāolícài	repollo
8	豬肉	zhūròu	carne de cerdo
9	白芝麻	báizhīmá	semillas de sesamo blanco
10	生意	shēngyì	negocio
11	大排長龍	dàpáichánglóng	filas largas
12	大約	dàyuē	aproximadamente, posiblemente
13	老闆	lǎobǎn	patrón, dueño, propietario
14	千萬	qiānwàn	asegurarse de
15	晚	wǎn	tarde
16	不然	bùrán	no tanto, de lo contrario

五十. 大胃王 小林 樽
dàwèiwáng Xiǎolín Zūn

㈠短文
duǎnwén

你 知 道 在 中 文 中，我 們 叫「短 時 間
nǐ zhīdào zài zhōngwén zhōng wǒmen jiào duǎn shíjiān

內 可 以 吃 下 很 多 食 物 的 人」什 麼 嗎？答 案
nèi kěyǐ chīxià hěnduō shíwù de rén shéme ma dáàn

就 是——大 胃 王 。
jiùshì dàwèiwáng

小 林 樽 是 日 本 的 大 胃 王 。
Xiǎolín Zūn shì Rìběn de dàwèiwáng

在2001 年，也 就 是 小 林 樽23歲 的 時 候。他 參
zài nián yě jiùshì Xiǎolín Zūn suì de shíhòu tā cān

加 了 美 國 紐 約 舉 辦 的「國 際 吃 熱 狗 大 賽」。他
jiā le Měiguó Niǔyuē jǔbàn de guójì chī règǒu dàsài tā

在12分 鐘 以 內 吃 下 了50 支 熱 狗，得 到 了 冠 軍。
zài fēnzhōng yǐnèi chīxiàle zhī règǒu dédào le guànjūn

從 那 一 年 開 始，小 林 樽 每 年 都 會 參 加
cóng nà yìnián kāishǐ Xiǎolín Zūn měinián dōuhuì cānjiā

「國 際 吃 熱 狗 大 賽」，並 且 之 後 得 到 了 5 次
guójì chī règǒu dàsài bìngqiě zhīhòu dédào le cì

冠 軍。直 到 2007 年 輸 給 了Joey Chestnut 爲 止。
guànjūn zhídào nián shūgěile wéizhǐ

2010年 的「國 際 吃 熱 狗 大 賽」，小 林 樽 雖 然 不
nián de　　guójì chī règǒu dàsài　　　Xiǎolín Zūn suīrán bù

能　參 加，可 是 他 自 己 也 在 比 賽 場 地 的 旁 邊　吃
néng cānjiā　　kěshì tā zìjǐ yě zài bǐsài chángdì de pángbiān chī

熱 狗。最 後 他 在10分　鐘　以 内，吃 了69支 熱 狗。
règǒu　zuìhòu tā zài　fēnzhōng yǐnèi　　chīle　zhī règǒu

比 那 一 年 的　冠 軍Joey Chestnut 還 多 出 了7支 呢！
bǐ nàyìnián de　guànjūn　　　　　hái duōchūle zhī ne

(二)問題
wèntí

_____ 1. 在10分鐘内，吃得最□的人，我們可以叫他「大胃王」。□應
　　　　該是什麼詞？
　　　(A) 大
　　　(B) 好
　　　(C) 美
　　　(D) 多

———— 2. 小林樽一共得到了幾次「國際吃熱狗大賽」的冠軍？

  (A) 1

  (B) 5

  (C) 6

  (D) 12

———— 3. 「我最喜歡吃□□」，「□□」不可以是哪個東西？

  (A) 水果

  (B) 汽水

  (C) 熱狗

  (D) 麵包

———— 4. 哪一個是對的？

  (A) 小林樽在2001年的比賽，吃了69支熱狗

  (B) Joey Chestnut在2010年的比賽吃了76支熱狗

  (C) 小林樽2007年輸給了Joey Chestnut

  (D) 小林樽參加了2010年的「國際吃熱狗大賽」

———— 5. 短文最想告訴你的是下面哪一件事情？

  (A) 介紹日本的大胃王——小林樽

  (B) 介紹Joey Chestnut是2007年「國際吃熱狗大賽」的冠軍

  (C) 介紹「國際吃熱狗大賽」

  (D) 介紹大胃王——Joey Chestnut

(三) 生 詞
shēngcí

	生詞	漢語拼音	文意解釋
1	日本	Rìběn	Japón
2	答案	dáàn	respuesta, solución
3	大胃王	dàwèiwáng	rey del estómago grande

	生詞	漢語拼音	文意解釋
4	美國	měiguó	Estados Unidos de América
5	紐約	Niǔyuē	Nueva York
6	舉辦	jǔbàn	organizar
7	國際吃熱狗大賽	guójì chī règǒu dàsài	Competencia internacional de comer hot dogs
8	分鐘	fēnzhōng	minuto
9	以內	yǐnèi	dentro de, menos de
10	支	zhī	clasificador para lápices, canciones, etc.
11	之後	zhīhòu	más tarde, después
12	得到	dédào	conseguir, obtener
13	冠軍	guànjūn	campeón
14	直到	zhídào	hasta
15	輸	shū	perder, derrotado
16	為止	wéizhǐ	hasta
17	比賽	bǐsài	competencia

解答

單元一　表單
一、通知

1.(C)　2.(A)　3.(C)　4.(D)　5.(D)

二、出租房子

1.(A)　2.(D)　3.(A)　4.(C)　5.(A)

三、商店徵人

1.(A)　2.(A)　3.(C)　4.(B)　5.(D)

四、標語

1.(D)　2.(C)　3.(D)　4.(C)　5.(A)

五、書店

1.(B)　2.(C)　3.(A)　4.(C)　5.(D)

六、高鐵

1.(A)　2.(A)　3.(A)　4.(B)　5.(A)

七、火鍋店

1.(A)　2.(C)　3.(D)　4.(C)　5.(B)

八、學生生活備忘錄

1.(C)　2.(A)　3.(C)　4.(D)　5.(B)

九、好美味餐廳

1.(B)　2.(D)　3.(A)　4.(C)　5.(B)

十、火車

1.(C)　2.(D)　3.(A)　4.(B)　5.(C)

單元二　對話
十一、全家人的照片

1.(B)　2.(C)　3.(C)　4.(A)　5.(D)

十二、在教室裡

1.(C)　2.(C)　3.(D)　4.(B)　5.(A)

十三、在餐廳裡

1.(D)　2.(B)　3.(A)　4.(C)　5.(C)

十四、司機和乘客

1.(A)　2.(C)　3.(B)　4.(C)　5.(D)

十五、電話留言

1.(B)　2.(D)　3.(A)　4.(C)　5.(B)

十六、飯後的活動

1.(D)　2.(C)　3.(A)　4.(A)　5.(C)

十七、上個週末做了什麼？

1.(B)　2.(D)　3.(C)　4.(A)　5.(C)

十八、白頭髮和成績

1.(A)　2.(D)　3.(B)　4.(D)　5.(B)

十九、問路

1.(B)　2.(B)　3.(A)　4.(D)　5.(A)

二十、酒後開車

1.(B)　2.(D)　3.(C)　4.(B)　5.(D)

單元三　短文
二十一、進步一名

1.(D)　2.(C)　3.(B)　4.(C)　5.(C)

二十二、媽媽的留言

1.(D)　2.(D)　3.(D)　4.(B)　5.(C)

二十三、老人與年輕人

1.(C)　2.(A)　3.(B)　4.(B)　5.(B)

二十四、感謝探望

1.(B) 2.(C) 3.(C) 4.(D) 5.(A)

二十五、常掉傘的羅先生

1.(C) 2.(D) 3.(A) 4.(B) 5.(C)

二十六、寄包裹

1.(D) 2.(D) 3.(B) 4.(C) 5.(A)

二十七、男孩與農夫

1.(D) 2.(D) 3.(A) 4.(A) 5.(C)

二十八、說謊比賽

1.(B) 2.(D) 3.(D) 4.(A) 5.(A)

二十九、買「東西」

1.(B) 2.(C) 3.(A) 4.(C) 5.(A)

三十、真話與假話

1.(A) 2.(A) 3.(A) 4.(C) 5.(D)

三十一、東西掉了

1.(A) 2.(C) 3.(D) 4.(B) 5.(B)

三十二、我的家庭

1.(C) 2.(D) 3.(B) 4.(A) 5.(C)

三十三、好好先生

1.(D) 2.(C) 3.(B) 4.(A) 5.(C)

三十四、臺北公車與捷運

1.(B) 2.(C) 3.(B) 4.(C) 5.(A)

三十五、履歷

1.(D) 2.(B) 3.(B) 4.   5.(A)

三十六、鬼月禁忌

1.(A) 2.(C) 3.(D) 4.(B) 5.(D)

三十七、貓頭鷹蹲

1.(B) 2.(D) 3.(C) 4.(D) 5.(A)

三十八、台灣小朋友學英文

1.(C) 2.(D) 3.(B) 4.(D) 5.(A)

三十九、三人成虎

1.(A) 2.(A) 3.(B) 4.(D) 5.(B)

四十、嫦娥奔月

1.(C) 2.(C) 3.(D) 4.(A) 5.(B)

四十一、問候信

1.(D) 2.(C) 3.(A) 4.(C) 5.(B)

四十二、十二生肖

1.(C) 2.(B) 3.(A) 4.(D) 5.(C)

四十三、世界麵包冠軍——吳寶春

1.(D) 2.(B) 3.(C) 4.(C) 5.(C)

四十四、購物

1.(C) 2.(D) 3.(A) 4.(C) 5.(B)

四十五、筷子

1.(B) 2.(C) 3.(D) 4.(C) 5.(B)

四十六、情人節趣事

1.(C) 2.(D) 3.(A) 4.(B) 5.(A)

四十七、塞翁失馬

1.(D) 2.(B) 3.(B) 4.(A) 5.(C)

四十八、陳樹菊

1.(C) 2.(D) 3.(B) 4.(B) 5.(D)

四十九、許記生煎包

1.(A) 2.(C) 3.(C) 4.(C) 5.(A)

五十、大胃王小林樽

1.(D) 2.(C) 3.(B) 4.(C) 5.(A)

Note

Note

國家圖書館出版品預行編目資料

華語文閱讀測驗─初級篇（西班牙語版）／楊
琇惠編著；吳琇靈譯. -- 初版. -- 臺北市：
五南, 2017.11
　　　面；　　公分.
ISBN 978-957-11-9377-9（平裝）
1.漢語 2.讀本
802.86　　　　　　　　　　　106015106

1XDW　華語系列

華語文閱讀測驗
──初級篇（西班牙版）

編 著 者— 楊銹惠(317.4)

譯　　者— 吳琇靈

發 行 人— 楊榮川

總 經 理— 楊士清

副總編輯— 黃惠娟

責任編輯— 蔡佳伶　簡妙如

文字編輯— 胡天如

封面設計— 姚孝慈　謝瑩君

出 版 者— 五南圖書出版股份有限公司

地　　址：106台北市大安區和平東路二段339號4樓

電　　話：(02)2705-5066　傳　　真：(02)2706-6100

網　　址：http://www.wunan.com.tw

電子郵件：wunan@wunan.com.tw

劃撥帳號：01068953

戶　　名：五南圖書出版股份有限公司

法律顧問　林勝安律師事務所　林勝安律師

出版日期　2017年11月初版一刷

定　　價　新臺幣320元